「じっとしてて」
JN034868
有無を言わさぬ口調だ。
勝手に俺のネクタイを修正する美織。
こういう時の美織に逆らってもろくなことがないので、素直にじっとしておく。
こんなに近いと、身長差がよく分かるな。
子供の頃はむしろ美織の方が背が高かったのに。
灰原くんの強くて
青春
ニューゲーム
seisyun newgame

高校デビューした
夏希をサポートする
幼馴染
本宮 美織
▶もとみや みおり
ウィンドウショッピングに映画にと、
初めてのWデートはお楽しみ満載!?

気遣いに長けて
爽やかな
グループのまとめ役
白鳥 怜太
▶しらとり れいた
1周目の夏希が
片思いしていた
学園のアイドル的
美少女
星宮 陽花里
▶ほしみや ひかり
22歳から15歳に
遡って人生2周目な
無自覚ハイスペック
主人公
灰原 夏希
▶はいばら なつき

「……あ、えっと、その、お、おはよう？」
バスケが大好きな
元気で明るいみんなの
ムードメーカー
佐倉 詩
▶さくら うた
──一目で、俺の平常心は脆くも崩れ去った。
赤い浴衣だった。鮮烈な赤の中に、
色とりどりの花々が咲き誇っている。
ショートヘアは緩く編み込まれ、
その片側には大きなお花のアクセサリー。
普段はあまり飾り気のない詩の、
可愛さ全振りみたいな恰好だった。
きょろきょろしていた詩はやがて俺に気づいたのか、
控えめに手を振ってくる。

灰原くんの
強くて青春ニューゲーム2

雨宮和希

HJ文庫
1010

口絵・本文イラスト　吟

▶contents

▼序章　ごく普通の、初恋

特別な理由なんてなかった。

ただ、徐々に惹かれていった。段々と、気持ちが大きくなっていった。

言動に滲み出る優しさに心が温かくなって、何でも華麗にこなしてしまう姿がかっこいいなと素直に思って、そのくせあまり自信がなさそうで、ちょっとおどおどした感じが可愛く見えて、気づいたら授業中に目で追うようになって、実は結構寝てたりとか、無駄にペン回しが上手いとか、そんなちょっとしたことに微笑ましくなって、いつの間にか一緒にいるだけで幸せな気分になって、どきどきと心臓が高鳴るようになった。

――ああ、好きだなぁって、自覚したのはつい最近だ。

小さかったはずの火に薪をくべられ、今や大きな炎となって燃え盛っている。

でも、ナツの心はあたしに向いているわけじゃない。

それぐらいは分かっていて、でも一緒にいられるだけであたしは満足だった。

あの日。ナツが高校デビューだと知って、何というか腑に落ちた感覚があった。いつも素を見せないようにしている気はして、どうしてだろうとは思っていたから。

もちろん、それで恋心が消えたりしない。むしろナツが素を見せるようになって、より親しみやすくなった。この胸の内にある気持ちはどんどん膨らんでいった。

びっくりしたのは、タツがあたしを好きだと知ったことだ。

今までそんな素振りは全然なかったし、普段は口喧嘩ばっかりなのに。

……でも、屋上でナツとタツの会話を盗み聞きしていた時、タツがあたしたちと距離を取っていた理由を聞いて、印象が変わった。意外と繊細なところもあるんだね。

まさかあたしが原因なんて……タツがあたしのことを好きで、あたしと仲が良いナツに嫉妬していたなんて、そんな展開、想像できるわけないよ。

タツはあたしのことを諦めないと言った。……だけど、ごめん。あたしだって、タツのことは好きだけど、それは友達としての好きだ。一緒にいても、どきどきしない。やっぱりあたしが好きになったのは、ナツなんだ。これがあたしの初恋だった。

……でも、ナツの心は多分、別の人に向いている。

それなら、あたしがタツのことを好きになれば、きっとみんな幸せになれる。

そう、分かってはいるのに、気持ちは制御できなくて。

この胸にある強い気持ちを――捨てる方法を、探していた。

▼第一章　好感度を上げよう

五月の穏やかな陽気が、授業中の眠気を誘う。

窓から吹き抜けてくる爽やかな風が心地いい。うつらうつらとしていた意識は、風が手元の教科書のページをめくったことで、少しだけ現実に戻ってきた。

顔を上げると、黒板が目に入る。教壇に立つ数学の村上先生がチョークで二次関数の方程式を展開していた。真面目に解説しているが、周囲を見回すとさっきまでの俺と同じように寝ている人が多い。村上先生の声は耳触りの良い低音で眠くなるんだよな。

四月は入学直後ということもあり、みんな真面目に授業を聞いていたが、五月も後半に差し掛かり、高校生活に慣れてきてからは段々と気の緩みを感じる。まあ、中間テストもつい最近終わったばかりだからな。

村上先生はそんな俺たちの様子を眺めてから、教室の脇壁に掛けてある時計に目をやる。

「よし……今日はここまでとする。残りは宿題だ。ちゃんとやっておけよ」

その言葉で授業を締めた直後、終了の鐘が鳴った。

相変わらず時間調整の鬼だな。一周目の時からそうだったと思い出して苦笑する。

今日の数学は六限だ。これから掃除とホームルームを経て放課後となる。

掃除のグループは出席番号順で六人程度のグループに分けられる。苗字が灰原で『は』の俺は『ほ』の星宮と同じグループで、ちょっとだけ掃除の時間を楽しみにしていた。

「よし、行こっか！」

星宮が俺の傍まで来て声をかけてくれたので、嬉しくなる。

今日も元気そうだ。まあ授業中は寝ていたけど、寝顔も可愛いので問題ない（？）

「今週はどこ担当だっけ？」

掃除の担当箇所は週ごとに変わる。

今日は月曜日だから、また新しい場所のはずだ。

俺の問いかけを受けて、星宮の視線が泳ぐ。

「えーっと……どこだろ？」

「分からないなら、どこに行くつもりだったんだ？」

からかうと、星宮は頬を膨らませる。

「むぅ……夏希くん、最近なんか意地悪だね」

「え、そんなことないって」

否定しながらも、ちょっと思い当たる節はある。星宮は反応が良いからなぁ。

「正論で人をいじめるの禁止！」

「はいはい」

文句を言う星宮に肩をすくめて、歩き出す。

今週の担当は西階段の周辺だ。

何だかんだ言いながらも俺の隣を歩いてくれる星宮。

「だりぃしさっさと終わらせようぜぇー」

途中から合流したのは同じ掃除グループの日野俊也だ。頭の後ろで手を結んで気怠そうに歩いている。髪を茶色に染めていて、軽薄そうって表現がよく似合う男だ。

「そうだね、頑張ろ！」

星宮が胸元で握り拳を作る。

そんな星宮の仕草をしげしげと眺めて、日野は苦笑した。

「星宮ちゃんは真面目だねぇ」

「そうかな？」

「そうだよ。学校の掃除を頑張ろうなんて奴、他に見たことねえって」

「ええーっ、それは良くないよ。夏希くんだって、わたしと同じ気持ちだよね？」

「……ん？　ああ、うん。もちろんそうだぞ。当たり前じゃないか」

「お前……」

完全な棒読みで答えた俺に日野の呆れたような視線が突き刺さる。

悪いな、日野。俺はこういうちょっとした会話で星宮の好感度を稼ぐのだ！

「さっすが夏希くんだね！」

……まあ星宮は純粋に俺の言葉を信じているようなので若干心が痛いけども。

「おいおい、自分だけ良い顔してよくねえなぁ？」

日野は俺の首に腕を回して、星宮に聞こえないようにささやいてくる。

この男と関わり出したのは最近だが、馴れ馴れしいという印象は変わらない。まあ不快とまでは感じないのが陽キャのバランス感覚か。ちょっと苦手ではあるけど。

日野に限らず、最近は段々と普段のグループ以外との交流も増えてきている。もちろん以前から多少は喋っていたけど、徐々にクラス全体が仲良くなってきた感じだな。

一周目は誰からも話しかけられなかった俺だが、今は日野のように積極的に話しかけてくる者も多い。この辺りは俺の容姿や雰囲気、立場の変化によるものだろう。

「あんたと灰原くんじゃ違うのよ。ダル絡みやめなさい」

日野の制服の首根っこを掴んで俺から引き離したのは藤原奏多だ。

クラスの女子全体をまとめているリーダー的な立ち位置で、誰とでも仲が良い。世話焼きな性格もあり、みんなから『オカン』と呼ばれたりもしている。

大して仲良くもない俺を庇ってくれるあたり、確かに面倒見の良さは滲み出ている。

「どうかしたの？」

小首を傾げる星宮。

藤原はその頭を撫で始めた。

「陽花里ちゃんは何も知らなくて大丈夫よ」

「何それ⁉　最近、奏多ちゃんまで唯乃ちゃんみたいになってる……」

みんなから受ける子供扱いに不満げな星宮だった。

まあ七瀬の過保護がみんなに伝染している節はだいぶあると思う。

「いいからいいから。さ、掃除始めるよー」

軽く手を二回叩いて注目を集めてから指示を出す藤原。指揮に慣れている。自信に満ちた態度も影響が大きいのだろう。何というか自然と人を従わせる雰囲気だ。

星宮たちとはまたタイプが違う陽キャだ。同じリーダー気質の怜太はもう少し柔和な雰囲気だが、藤原は淡々としている感じがちょっと怖い。女子には優しいけど。

「――ね、ね、夏希くん」

星宮が廊下を箒で掃きながら、ささやくように声をかけてくる。大きい声を出したら藤原に怒られるとでも思っているのだろうか。よく分からないけど可愛いからヨシ！

「この前貸してあげた小説、もう読んだ？」

「ああ。もう少しで読み終わるかな。後二十ページぐらい」

――虹色青春計画の第二段階。恋人を作ろう編。

星宮と恋人になりたい俺は、まず共通の趣味で仲良くなろうと考えた。

文芸部の星宮は読書が大好きだ。星宮が好きな本の感想を共有することで好感度を稼げるのではないかと考え、最近はよく星宮からお薦めの本を借りている。

まあ実際、俺も読書は好きだからな。

「終盤だ！　そのへん、めっちゃ面白いでしょ？」

「確かに。話が二転三転して、マジで犯人が誰なのか分かんないし」

「ふふふー、そうでしょ！　犯人が誰か教えてあげよっか？」

「一番えぐいタイプのネタバレやめて⁉」

あまりに自然に提案してくるから思わず頷きそうになったって。

俺が驚きのあまりに突っ込みを入れると、星宮はけらけらと楽しそうに笑う。

「その小説、映画化も決まってるんだよ！」

「ああ、そういえば見たことあるな」

やべ。思わず口が滑った。星宮がきょとんと小首を傾げる。

「見たことある？」

「ああいや、映画化決定の告知をね？」

本当は映画自体を見たことがある。昔の記憶すぎて忘れてたな。

確か一週間後ぐらいに公開だったか。

結構面白かった気がする。

小説を読んでいる時、なんか展開に既視感があるなと感じていた理由が分かった。

幸か不幸か、いまだに事件の犯人は思い出せないけど。

まあ俺にとっては七年前の映画だからなぁ……。

「あ、そういうことか。最近は駅にポスターも張ってあるよね！　しかも主役のハルマくんを演じるのが大人気俳優の速野くんだし！　めっちゃイケメンだよねー」

とりあえず星宮は誤魔化せたらしい。

ぺらぺらと楽しそうに弾丸トークをする星宮。その目はきらきらと輝いている。

そっか……俳優の速野くんみたいなタイプが好きなのか……。正直、俺とは顔面偏差値が違いすぎて参考にならない。俺なんて努力しても雰囲気イケメンが限界だからな。

「ヒロインのメルヤちゃんは、廣野鈴鹿が演じるんだっけ？」

うろ覚えの記憶を引きずり出すと、星宮は元気よく頷く。

「そうだね！　速野くんとの絡み楽しみだなー。ていうか、お似合いだし！　この前の映画でも共演したばっかりじゃない？　最近、あの二人の恋人役多いよねー」

そうなのか。正直、テレビを見ないので女優や俳優には詳しくない。そもそも物語にしか興味がない。アニメめっちゃ見るけど声優に詳しくないタイプのオタクなので。

「あ、そうなんだ？　俺それ知らないかも」

こういう時は変に分かったふりをしてぼろを出すより、星宮から話を引き出した方がいいと最近学んだ。星宮もオタク気質だし、語りたがりのところがあるからな。

「えっとね、直近だと『貴女のための恋歌』が有名かなぁ。あの話は主役がね――」

うんうん、と上機嫌な星宮に相槌を打ちながら話を聞く。

できるだけリアクションは大きめに、それでいて相手の話を遮らずに。

聞き上手がモテるコツだと、俺はネットで学んだのだ！

実際、こうやって星宮の話を聞くのは楽しい。テンション高いし、一生懸命伝えようとしてくれるし、表情豊かで可愛い。ちょくちょく話にオチがないのも星宮らしい。

だが、俺と星宮の楽しい時間は藤原の手で終わりを告げた。

「こら、ちゃんと掃除しないと駄目でしょ？」

まったく、と鼻を鳴らす藤原。

星宮は慌てて今までの二倍速で掃除を始める。

「ご、ごめんね！　今から頑張るから！」

くそ、俺たちのイチャイチャを邪魔しやがって！

……とは思うものの、藤原の苦言はあまりにも正論すぎる。星宮は申し訳程度に手持ちの箒は動かしていたが、正直あまり役立っていたとは思えないからな。

「灰原くーん？　あんたにも言ってるんですけど？」

他人事気分だった俺に藤原の鋭い目線が突き刺さる。

「いやいや、俺は割と手を動かしてたぞ」

「でも、陽花里を誑かしてたのはあんたでしょう？」

ずい、と藤原が睨みつけるような表情で顔を近づけてくる。

怖いとか以前に普通に緊張するからやめろ！　なんか良い匂いするって！

「い、いやいや誑かしてたって、俺を何だと思ってるんだ？」

のけぞって顔を遠ざけながら、何とか弁明する。

意外にも真面目に掃除をしていた日野が「いい気味だ」と横で笑っていた。

「そ、そうだよ！　誑かされてなんかないから！」

俺と星宮の反論に、藤原は日野と目を合わせてお互いに肩をすくめる。

そのタイミングで、廊下からぞろぞろと足音が近づいてきた。

「やっほー、こっちは掃除終わったよ！」

ぶんぶんと手を振りながら元気よく声をかけてきたのは、詩だった。

その隣を歩いているのは怜太だ。この二人も、苗字が佐倉の『さ』と白鳥の『し』で近いので同じ掃除グループに配置されている。ちなみに竜也と七瀬も一緒だ。

「こっちもちょうど終わったとこだよ」

そう答えたのは藤原だ。ふと後ろを見ると、星宮がようやく自分の担当範囲を掃除し終えたのか、一息ついている。そんな星宮の背中に詩が飛びついていく。

「とりゃぁっ！」

「ひゃぁっ⁉　う、詩ちゃん⁉　びっくりさせないでよ！」

星宮のリアクションを見て、詩は満足気に頷く。この二人も、最近はより一層仲が良さそうだ。女子同士のスキンシップは目の保養に良いので非常に助かる。

「夏希は今日バイト？」

じゃれ合う女子二人を眺めていた俺に、怜太が問いかけてくる。

「えーっと、そうだな。今日は六時から十時の予定」

確か今日は七瀬も一緒のシフトだったかな。

七瀬が一緒だと居心地が良いのでありがたいんだよな。

聞き上手で話しやすいし、落ち着いた雰囲気を好んでいるから、俺が変にテンションを上げる必要もない。元が陰キャの俺にとって七瀬は癒しなのだ。

「怜太は今日も部活？」

「もちろん。インハイ予選が近くなってきたし、練習も熱が入ってきたよ」

「そうなのか。怜太の調子は？」

「そこそこ良いよ。今はスタメン目指して頑張ってる」

まだ一年生なのに、もうサッカー部でスタメン争いしてるのか……怜太は流石だな。

三年になってもベンチから抜け出せなかった俺とは大違いだ。

そんな感じで怜太と雑談しながら教室に戻ると、窓際に七瀬と竜也が並んでいる。

どうやら雑談しているらしい。

掃除グループが一緒とはいえ、あの二人のペアは珍しいな。

タイプ的にも真逆に見えるし、どんなことを話すんだろう。

「何話してるのー？」

俺と同じ疑問を持ったのか、さっそく詩が二人に近づいて声をかける。

「あら、詩。知りたいの？」

七瀬は微笑むが、竜也が止めに入る。

「おいやめろって」

「ふふ、言いたくないみたいだから、やめとくわね」

からかうような調子の七瀬に対して、竜也は居心地悪そうな表情を浮かべている。

何となく察しがつく。最近の竜也が気まずい顔の時は、だいたい詩の話だ。何しろ竜也が詩を好いていることは、今やグループ全体に広まっている。七瀬はああ見えて人をからかうのが好きなので、おおかた質問攻めにされたり、いじられていたのだろう。

そんな二人の様子に詩はきょとんと小首を傾げる。

その直後に竜也を見て、「あ……」と何かに気づいたように赤面する。竜也も詩から顔を逸らして、気まずそうに頭をかいている。そんな二人の様子を見て、七瀬と怜太が楽しそうにニヤニヤしていた。この二人もなかなか良い性格しているなぁ……。

まあ露骨に触れられない話題にするよりは、こうやって程々にいじるぐらいの方が居心地は良いだろう。怜太たちはその辺りのバランス感覚はミスらないだろうし。

……あの屋上の一件から、もう二週間ぐらいか。

最初こそ詩と竜也が大分ギクシャクしていたが、最近は段々と元の雰囲気を取り戻しつつある。まあ今みたいにいじられると気まずそうだけど。

結果的には、あの一件のおかげでグループ全体が仲良くなった感じはしている。

不幸中の幸いというか、結果オーライというか……それに俺自身、みんなに中学時代は陰キャだったと知られてしまったことで、常に気を張り続ける必要はなくなった。

もちろん、だからと言って元の自分に戻るわけじゃない。

完璧(かんぺき)な振(ふ)る舞(ま)いは難しいけど、これまで通り努力は続けようと思う。

俺が目指している虹色の青春の主人公は、昔よりも『かっこいい自分』だからな。

「灰原くん、今日シフト一緒よね？」

思考の海に沈(しず)んでいた俺に、ふと七瀬が声をかけてくる。

「あ、ああ。そのはずだな」

「じゃあ、一緒に行きましょ？」

「分かった」

七瀬の柔(やわ)らかい声のトーンに自然と頷いてしまう俺。いや、別に問題はないけど。

最近はバイトのおかげで七瀬とは結構仲良くなれている。

もう二人でいる時、緊張しないぐらいにはね。話題が切れることもない。

七瀬はアイドルの話を振っておけば、延々と語り続けるところがあるからな。

その辺りのオタク気質は星宮とも似ている。七瀬の場合は表情の変化が少ないからテンションの上下が分かりにくいけど、最近は少しずつ分かるようになってきた。

「七瀬、今日は上機嫌だな」

「あら、分かる？　今日は推しのＣＤ発売日なのよ」

楽しそうな七瀬と話していると視線を感じた。

そちらに目をやると、詩がぼうっと俺を見上げている。

「どうかしたか？」

「……え、あ、何でもない！　あたし、ちょっとお手洗い行くね！」

ぴゅーっ、と逃げるように詩が教室を出ていった。

じっと俺を見ていたが、何か言いたいことでもあったのだろうか。

……最近は七瀬や星宮と順調に仲良くなっている俺だが、詩とは今みたいに上手く話せないことも多い。いや、だいたいは詩が勝手に逃げていくんだけどね？

「ふふ、詩は可愛いわね」

俺の耳元で、七瀬がささやいてくる。

七瀬の言葉の意図するところは、俺も分かっているつもりだ。

詩は多分、俺に好意を抱いている。
竜也の一件が起こった理由も、結局はそこに行き着くからな。
「……そうだな」
みんな口に出さないだけで、察していると思う。
七瀬や怜太は鋭いからな。星宮は気づいてないかもしれないけど。
詩も俺が察していることに気づいているから、恥ずかしがっているように見える。
「どうするつもりなの？」
七瀬の問いに、答えを迷う。
実際のところ、どうするのが正解なんだろうか。
俺は星宮が好きだ。星宮と付き合いたいと思って行動している。
だから詩の気持ちには応えられない。
告白されたら、そうやって振るしかない。
しかし、現状は別に告白されたわけじゃない。
ただ、何となく、詩の気持ちに気づいてしまっているだけ。
今、俺が詩にできることは何もない。そもそも自意識過剰の可能性だってある。
答えに窮している俺を見て、七瀬は「変なこと聞いたわね」と謝ってくる。

そこで教室に担任教師が入ってきて、いったん会話は打ち切られた。

＊

放課後。俺と七瀬は、二人でバイト先の喫茶マレスに向かった。

その間、あまり口数が多かったわけじゃないけど、七瀬と二人の時は沈黙があまり気まずいと思わないので助かる。バイト中はあまり喋らないから慣れたんだろうな。

やがてバイトが始まり、何かを考える暇もなく手を動かし続ける。

「……ふぅ、疲れたな」

気づけば、バイト開始から二時間ほど経っていた。

タオルで汗を拭き、一息つく。

日が沈んだせいか、風の冷たさを感じる。開けっぱなしだった窓を閉めた。

「灰原くん、これ」

「はいはい」

七瀬から手渡されたトレーを受け取り、皿洗いを始める。

時刻は夜八時。客の出入りも落ち着いてきた。七瀬も水を飲んで休憩している。

一人残った客は、珈琲(コーヒー)を片手に小説を読んでいる。

この皿を洗い終えれば、しばらく俺たちの出番はなさそうだ。

「灰原くん、何だか機嫌(きげん)良さそうね？」

七瀬が尋(たず)ねてきたので、こくりと頷く。

そんなに分かりやすいかな。確かに機嫌は良かった。

――ちょうど今のように、客が少ない時間帯の喫茶マレスが好きだから。

ゆったりと時間が流れているように感じる。

程(ほど)よい音量のジャズミュージックが耳に心地いい。

店長の趣味だと七瀬から聞いたことがある。

そんな心地の良い沈黙を楽しんでいると、ふと七瀬が呟(つぶや)いた。

「ワルツ・フォー・デビイ」

「うん？」

「ジャズピアノの名曲よ」

首を傾げた俺に、七瀬は天井(てんじょう)付近のスピーカーを指差しながら答える。

今、この店を流れている曲の名前か。

「ジャズ、詳しいのか？」

「店長ほどじゃないわ。それに、私の専門はクラシックだから」

そういえば七瀬はピアノを習っているんだったっけ。

みんなで部活見学をしている時、そんな話をした気がする。

「いつからピアノを弾(ひ)いてるんだ？」

「三歳(さい)ぐらいかしら。物心ついた時には、ピアノを弾いていたわ。両親が音楽好きで、音楽関係の仕事をしているからね、家にグランドピアノが置いてあったのよ」

そう語る七瀬の表情は、いつもより柔らかく感じる。

「七瀬のピアノ、聞いてみたいな」

「ふふ、そんなに大したものじゃないわ」

言葉では謙遜(けんそん)する七瀬だが、その態度は自信に満ちている。

めちゃくちゃ上手いんだろうな、と想像がつく。あの何でもできる七瀬が、三歳の頃(ころ)から英才教育を受け、今もピアノを弾き続けているのだ。下手なわけがない。

「灰原くんは、音楽は好き？」

「もちろん。でも、俺が聞くのはロックばかりだなぁ」

灰色の青春を送っていた俺を支えてくれたのは、物語と音楽だった。

物語は、現実に絶望していた俺を救ってくれた。

音楽は、ひとりぼっちだった俺の心に寄り添ってくれた。

どちらか片方でもなければ、俺は現実に楽しさを見出せず、青春どころか、人生に後悔したまま死んでいくことになったんだろうな。

「ロック……そういえば、カラオケの時に歌ってたわね」

ふとした七瀬の呟きで思い出す。

中間テストが終わった後の打ち上げの話か。

みんなでカラオケに行って、詩と一緒にいろんなロックバンドの曲を歌ったっけ。

「あの時は、詩にどんどん曲を入れられたんだよな」

意外だったのは詩と曲の趣味がめちゃくちゃ一致していたことだ。

仲間を見つけたせいか、お互いにテンションがおかしくなっていた気がする。

「趣味、だいぶ合っているように見えたわね」

冷静に考えれば、あの時の詩と俺はバカップルに見えてもおかしくない。

なんか普通に恥ずかしくなってきた。今更だけど。

「ふふ、あの時の詩は可愛かったわね。貴方を見る目がきらきらしていたもの」

七瀬はカウンターに両肘をついた体勢で、俺をからかってくる。

「そんなことないだろ」

「あら、流石に自覚あるでしょ？」

バイトが一緒のおかげでより仲良くなったからか、俺が昔は陰キャだったという弱みを見せたからか、何にせよ最近の七瀬は意地悪だ。俺をからかう言動が多い。

「ええい、やかましい！」

何とも答えにくくて誤魔化すと、七瀬は花咲（はなさ）くように笑った。

クールな顔立ちとは少しギャップのある子供っぽい笑み（え）。破壊力抜群（はかいりょくばつぐん）だ。

くそ、可愛いからって許されると思うなよ！　でもこの女、マジで推せる……。

俺が限界化したアイドルオタクのような心境になっていた時、店の玄関（げんかん）の鈴（すず）がからんと音を鳴らした。俺も七瀬も雑談をやめてバイトモードに切り替（か）える。

「いらっしゃいま――」

半ば反射的に声をかけようとして、言葉が途中で止まる。

店に入ってきたのは制服姿の女子高生だ。その顔はよく知っている。

「やっほー。来ちゃった」

本宮美織（もとみやみおり）。小学校から同じ学校の幼馴染（おさななじみ）。

アポなしで会いに来た恋人みたいな発言するなよ。とは思うものの、美織相手に余計なことを言うと一生いじられかねないので言葉を変え、端的（たんてき）に尋ねる。

「何の用だ?」

「別にあなたに会いに来たとは言ってないでしょ」

ふんと鼻を鳴らす美織。それはそう。

「席に案内しますね」

俺と美織の会話の切れ間を見計らっていたのか、ホール担当の七瀬が接客用の声音と笑顔で美織を促す。美織も七瀬の存在に気づいて元気に挨拶した。

「あ、唯乃ちゃん! ありがとねー!」

「いいえ。今日はどうしたのかしら? もう遅い時間だけれど」

美織の態度を見て、七瀬も態度を接客用から友達用に変える。七瀬はこの辺りの機微にそつがない。クールな態度からは意外なほど友達が多い秘訣だろうか。

「部活終わりだけど、そこの男と作戦会議をしようと思ってね」

美織は笑顔を貼り付けたまま俺を指差す。

人を指差すな。というか、結局俺に会いに来たのかよ。

俺の言葉に素直に頷かないあたり、本性は昔と変わらないもんだな。

「作戦会議?」

七瀬がきょとんと小首を傾げる。

「ちょっとね、二人とも、そろそろバイト終わりでしょ？」

「そうね。十時上がりだから」

時計を見ながら七瀬が答える。もう時計の針は九時半を回っていた。

「十時以降は店にはいられないぞ。店長に怒られるからな」

この辺り、高校生は不便だなとは感じる。大学生の時は深夜まで働いていたが、俺たちの年齢だと法律的に十時までしかできないらしい。仕方ないけど。

「そう？　じゃあ、一緒に帰ろ？」

美織は俺の言葉を聞いて、何でもなさそうな調子で言う。

「……まあ、別にいいけど」

そこまで作戦会議がしたいのかね。怜太との間に進捗でもあったのか？

「あなたがバイト終わるまでなら店にいてもいいでしょ？　あ、私コーヒーね！」

美織はひとりで勝手に決めて、案内された席でくつろぎ始めた。

いつも通りのガキ大将気質だな。

客が少なくてもバイト中なので、露骨に美織と話し続けるわけにもいかない。

美織から離れてカウンター内に戻ると、同じく戻ってきた七瀬が問いかけてきた。

「仲良いのね」

「まあ、小学校から同じところに通ってるから多少はね」

とはいえ、本来ならいきなりバイト先に来て一緒に帰るほどの仲じゃない。

ただ、俺たちはお互いを手助けする契約を結んでいる。

あいつが作戦会議と言った以上、それに関わる話なのは間違いないだろう。

喉を潤すために水を口に含んだタイミングで、七瀬がきょとんとした調子で言った。

「……付き合ってるの？」

「ブフォッ⁉」

水を噴き出すかと思った。

危うく出す直前で堰き止めることに成功したものの、だいぶ危うかった。

い、いきなり何を言っているんだ七瀬は……？

「そ、そんなわけないだろ！」

「そう？　客観的に見て、部活終わりにわざわざ店まで来て、バイトが終わるまで待ってまで一緒に帰りたがるのは恋人にしか見えないけれど」

七瀬は美織の方を見ている。美織はなんだか上機嫌そうにスマホをいじっていた。

「それとも、その作戦会議？　のためなのかしら？」

「ま、まあ……そうだな」

「私には、その内容を教えてくれないのかしら？」

「う、うーん……」

俺と美織は、怜太と付き合いたい美織に俺が協力する代わりに、美織には俺の虹色青春計画に協力してもらうという内容の契約を結んでいる。

俺が高校デビューだと知られてしまった以上、俺としては別に七瀬に内容を話しても問題ないが、美織が怜太を狙っていることも七瀬に伝わってしまう。

まあ美織はあんまりそういうのは気にしなそうだけど、この手の話って本人の同意なしに人に話すべきじゃないよな。そんな感じで悩んでいると、七瀬が首を横に振った。

「ごめんなさい。嫌なら話さなくて大丈夫よ」

「別に俺が嫌ってわけじゃないんだけどな……」

「その言い回しでだいたい分かるわ。今度美織さんに直接聞いてみようかしら」

「悪いけど、そうしてくれ……てか、七瀬って美織と仲良いのか？」

部活見学の時や、勉強会の時など、何度か美織は俺たちのグループと関わりを持っているが、七瀬とあまり喋っていた記憶はない。

「まあ特別仲良いわけではないけれど、詩とは同じ部活だし、仲が良いでしょう？　友達の友達は友達みたいなものよ」

なんか陽キャの理論きたな……。

マジかよ。正直、七瀬だけはこっち側かもという期待を抱いていたのに……。

俺に言わせると友達の友達は他人だ。いや、そもそも友達の友達に会ったことがあまりないけど。何しろ友達がいませんからね。フフフ。ここ笑うとこね。

まあコミュ力の問題なんだろうな。

さっきの七瀬と美織の会話には違和感がなかった。

お互いに適切な距離感を保って無難に話していたからだろう。

俺が友達の友達と会話なんてしたら、気まずくなること間違いなしだ。まず学校で遭遇した時に挨拶するかどうか迷った末に目を逸らすまであるからな。

などと俺がくだらないことを考えていると、

「美織さんとはもっと仲良くなりたいわね。彼女、可愛いし。顔が良いわ。とても」

うんうん、と美織の方を見ながらひとり頷く七瀬。

「まあ、確かに見てくれだけは良いな」

「そこが一番大事なのよ。顔が良い女は最高」

「な、七瀬？」

なんかキャラおかしくない？

俺が戸惑っていると、七瀬ははっとしたように咳払いをした。

「い、いえ、冗談よ。美織さんとは少ししか話したことないけれど、性格も好ましいと思うわ。ええ、もちろん。だから仲良くなりたいの。他意はないわ」

「そ、そうだよな？」

なぜか危うさを感じるけど気のせいだと信じたい。

というか七瀬がこんなに早口で喋るところ、初めて見たな……。

より仲良くなったせいか、七瀬の本性が時折顔を出している気がしてならないが、気のせいだと思いたいのでもっと厳重に隠しておいてほしいと思う俺だった。

＊

バイトが終わり、俺は美織と一緒に店の外に出た。

七瀬は俺たちに気を遣っているのか、さっさと先に帰ってしまった。

空はすっかり真っ暗だが、駅前なので街灯の数は多い。駅まで続く大通りを、仄かに灯りが照らしている。すれ違う人の数は少なかった。たまに酔っ払ったおっさんとか、疲れた顔のサラリーマンを見かける程度。もう夜十時を過ぎたからな。

「作戦会議はいいが、なんでこんな遅い時間なんだ？」

「だって私、基本的に部活あるから。違うクラスだから学校じゃあんまり話せないし、仕方ないでしょ？　あなたもバイトなんだから丁度いいじゃん」

「いくら部活って言ったって、流石に遅すぎないか？　こんな時間までやってんの？」

「終わった後に詩と駄弁ってたらこんな時間になっちゃった」

「あんまり遅くならないようにした方がいいんじゃないか？　一応は女だろ？　夜道とか不安じゃない？」

「一応ってどういうことかな？」

　耳を引っ張られた。

「おーい、痛いって！」

「まったく、こんな美少女を前に何を言うか」

　ぷんすかと怒る美織。その仕草も昔と違ってなんだかあざとく感じる。

　さっき七瀬が美織の顔の良さを強調したせいで、つい美織の顔に視線が向く。確かに端整な顔立ちだ。美織だと知らなかったら、思わず見惚れてしまうぐらいには。

　その視線に気づかれたか、隣を歩いていた美織とふと目が合う。

「……な、何よ？　そんなじっと見て」

美織はちょっと驚いたように一歩距離を取る。

「ああいや、別に」

「もしかして私の顔に何かついてる？」

「だから、別に何でもないって」

慌てたせいもあって、ちょっと冷たく聞こえただろうか。

少しの間、沈黙が降りる。

「……じゃあ、ただ私の顔を見てただけ？」

そう問われると、なかなか頷き難い。なんだか負けた気になるからだ。

「そんなに見てねえよ」

そっぽを向きながら答えると、美織の声音が露骨に高くなる。

「ふうん。へぇー。そっかぁ、あなたも私の美貌に見惚れちゃうかぁ」

そっちを見なくても、にたーっと笑っているのがよく分かる。断じて否定しておくが別に見惚れていたわけじゃない。何なら見惚れていないことを証明していたまである。

「あははっ！　てい！」

俺が心中で言い訳をしていると、美織は右肩で俺の左肩を小突いてきた。

仮にも異性相手なのに、ナチュラルに距離が近い。

流石、生粋の陽キャは違うな。

それとも俺のことを異性だと認識していないのか。その可能性の方が高いな。

「な、何だよ？」

「んー？　あなたが女の子に慣れるための訓練かな」

いくら美織相手とはいえ、正直ドキドキするからやめてほしい。いや、別にぜんぜん大丈夫だけどね。ちょっとだけね。もちろん俺も意識とかしてないけどね？

「でも、好きになっちゃ駄目だよ、私には怜太くんがいるから」

「何で怜太がお前のものみたいに語ってるんだよ」

「これからそうなる予定だからです！」

むん、と美織は元気よく宣言して胸を張る。

星宮ほどじゃないが、それなりに大きな胸が強調される。一瞬目を奪われたが、美織は視線に敏いのですぐに逸らしておく。昔はぺたんこだったくせに、成長してるな。

「だから、そろそろ具体的な作戦の話をしようと思って」

美織と話しながら、駅の改札を通る。

空いている高崎線に美織と並んで座ると、ゆっくり電車が走り出す。

「そういやこの前、ダブルデート作戦がどうこう言ってたな」

「そう！　この前は竜也くんの騒動があったばかりだし、あなたのグループの関係が落ち着くまでは保留にしたけど、そろそろ問題ないかなと思うんだ。私と怜太くん、貴方と陽花里ちゃん、両方の関係が進むなら一石二鳥じゃん。やろうよ！」

竜也がグループに戻ってから一週間か。

美織の言う通り、そろそろ何か仕掛けても問題なさそうだ。

俺としても、今のままでは星宮との関係が進まないことは分かっている。

「……分かった。実は俺も、ちょっと考えてたことがあるんだ」

「お、珍しく積極的だね？　いいじゃん。話してよ」

まあ考えていたというか、今日の星宮との会話で思いついたんだけど。

「映画、観に行こうぜ。四人で」

「映画？　別にいいけど、何で映画なの？」

「星宮が好きな小説があって、それが今度映画化するんだよ。俺もそれを貸してもらって読んだから、誘うには丁度いい口実かなと思って」

映画化のことを嬉しそうに話していたし、実際観に行くつもりではいると思う。

「なるほど、ちなみになんて映画？」

「『英雄探偵』。アクション混じりのミステリだな」

「あー、タイトルは聞いたことある。最近よくCMやってるやつだよね」

「あんまり興味ないか？」

「いや、映画は普通に好きだし、大丈夫だよ」

「実際、結構面白いぞ。映画観てなんか微妙な空気になったりはしないと思う」

何しろ俺はその映画を観たことがあるからな。そこは断言できる。

「怜太くんはどうなの？」

「あいつは趣味が映画鑑賞らしいから、誘えば多分いけると思うけどなぁ」

前に二人で話していた時、部活がない休日はよく映画を観ると言っていた。懸念点があるとすれば、洋画が好きってところか。邦画も嫌いじゃなければいいんだが。

「へぇ、怜太くんってそうなんだ。映画が趣味なの、いいよね」

「俺も映画鑑賞は趣味の一つだぞ」

「あなたの場合はアニメ映画ばっかりでしょ？」

「アニメ映画の何が悪いんだよ⁉」

「急に怒らないでよ。別に悪いとは言ってないじゃん」

「……あ、はい。すみません……」

ついオタクの被害妄想が出てしまった。厄介でごめんなさい……。

「そうなると、まずあなたが陽花里ちゃんを誘うのが最初かな？」

「いや、それだと露骨だから、まず俺とお前でその映画に行くってことにして、星宮も誘う流れの方がいいだろ。星宮もこの小説、好きだよなって感じで聞いて」

「まあどっちでもいいけど、それで怜太くんは？」

「俺から普通に誘っておくよ。怜太は俺が星宮を好きってこと知ってるし、ちょっと協力してくれよって感じで言えば多分いけると思う」

「了解（りょうかい）！　良い作戦と思うけど、あなたに任せっきりになっちゃうね」

「……まあ、この前はだいぶお前に助けられたからな。これでおあいこだろ」

「ふふ、ちゃんと感謝してくれてるんだ。相変わらず可愛いねあなたは」

　そう言って美織は微笑（びしょう）する。……可愛いって言われても別に嬉しくないなぁ。やっぱり男なので、かっこいいと言われたいし。そもそも俺に可愛いところなんてない。

「日程はどうする？　候補日ぐらいは決めておいた方がいいよね？」

「そうだなぁ。来週の土日あたりでいいんじゃないか？　あ、でも、怜太と美織は部活があるのか。怜太はだいたい休日の午後は空いてるみたいだけど」

「女バスもだいたい練習午前中だけだから午後は空いてるよ」

　ひとまず来週の土曜日の午後を第一候補日として、話はまとまった。

ちょうどそのタイミングで、電車が俺たちの地元駅に到着する。

電車を降りて改札を通ると、もちろん外は真っ暗だ。

街灯の数が少なく、人気もない田舎なので、正直ちょっと怖い。

男の俺がそう感じているのだ。女子の美織は……と思って隣を見ると、普通にスマホでミンスタを見ながら歩いていた。まあ暗さでビビるような性格じゃないよな。

「最近、怜太とは話せてるのか？」

雑談がてら問いかけると、美織は難しそうな顔で唸る。

「うーん……やっぱりクラスが違うから日常的には話せないよね。廊下でちょくちょく話したりとか、部活後に詩と怜太くんの会話に混ざったりはするけど」

「へぇ、部活後に話したりもするのか」

「サッカー部って駐輪場にたまりがちだからさ。詩と一緒にそこまで行くと、詩が怜太くんに話しかけるから、そのノリで私も一緒に話せるんだよ。毎回じゃないけど」

だから詩には感謝してるんだ、と美織はニコニコ顔で語る。

「詩はお前が怜太を狙ってることは知ってるのか？」

「明言はしてないけど、気づいてるでしょ」

「どうだろう。詩だからなぁ」

詩には竜也の好意に長年気づいていないという実績がある。

「あなたが言える立場じゃないでしょ」

頭をぺし、と叩かれる。完全にその通りだった。

人の感情に疎すぎる俺に、詩のことをどうこう言う資格はない。

「あれ？　あなたの家ってそっちでしょ？」

俺の家と美織の家に分岐する道を過ぎて、美織がきょとんとした様子で小首を傾げる。

本来ならもう別れるはずなのに、俺が美織の家に向かっているからだろう。

「こんな時間だ。流石に女ひとりじゃ帰せないだろ」

「お、いいじゃん。そういう気遣い、大事だよ。モテる男への第一歩！」

「お前にモテてもしょうがないだろ。単に心配なんだよ」

いくら男勝りな性格でも、見た目は可愛い女の子に違いないのだ。こんな人気のない夜道じゃ、不審者に襲われるかもしれない。家まで送らないと俺が不安になる。

「そ、そう……」

美織は俯き気味にそう呟く。

夜道はしんと静まり返っていた。

「どうした？　急に黙って」

「別に、部活帰りはいつもひとりだから大丈夫だよ。夏希のくせに調子乗らないで」

「いや、何で急に罵倒(ばとう)？」

美織はそっぽを向くが、なぜ機嫌を損(そこ)ねたのか分からない。

これも俺が人の感情に疎いせいか。美織は幼馴染だから、ある程度は分かると思っていたんだけどな……と、そんなことを考えているうちに美織の家に辿(たど)り着いた。

「……じゃあ、俺はこれで」

「待って、夏希」

背を向けた瞬間(しゅんかん)、シャツの袖(そで)を引っ張られる。

何かと思えば、美織は何だか俺を睨(にら)みつけるような顔で、言った。

「送ってくれて、ありがと」

「お、おう……」

あまりに顔と言葉が一致しないので、どういう感情？　と思ったが、そこに触れると何だか藪蛇(やぶへび)な気がしたので、素直(すなお)に礼を受け取っておくことにした。

＊

美織と作戦会議をした翌日。

俺は星宮に話しかけるタイミングを窺っていた。

もちろんみんなと一緒に会話をすることはたくさんあるが、俺と星宮の二人で話せるタイミングは案外少ない。掃除の時間だって、日野や藤原が近くにいるからな。

正直、みんなの前で堂々と誘うのは無理だった。

そんなこんなで、ちらちらと星宮の様子を窺うものの、二人で話す機会がないまま時間は過ぎていく。やがて四限目終了の鐘が鳴り、あっという間に昼休みだった。

今日は俺、竜也、怜太が学食で、星宮、七瀬、詩は弁当だ。

日によって変わったりもするが、おおむね昼飯は男女で分かれることが多かった。

たまに学食にグループ全員揃うこともあるけど、その時は周りからやたら注目を浴びるので緊張するんだよな。

「――でさ、三高のマネが審判やってたんだけどよ」

おっと、思考に集中しすぎて竜也の話を聞き逃していた。

竜也は大盛りのカレーライスをスプーンで口に運びながら、話し続ける。

「マジでデカくてさ、走り回る度に胸がばいんばいんよ。みんなちらちらそっち見るもんだからファンブルしまくりで、ついにはコーチがブチ切れてスタメン全員交代だぜ」

傑作だろ、と竜也は白い歯を見せる。

どうやら先週の土曜にバスケ部の練習試合があったらしい。その時の出来事のようだ。普段はできない分、男三人だけになると竜也はこういう話をしがちだ。

「へぇ、竜也も出たの？」

「もちのろんよ。ひとりで十五、六点決めたな。大活躍だぜ」

「じゃあ一年生はその子の胸には翻弄されなかったんだ？」

「当たり前だろ。そもそも試合中に何を見てんだって話だ。気が緩みすぎだろ」

「なんか竜也がド正論を言ってると面白いな」

「何だそりゃ⁉」

ふと本音が零れてしまい、竜也が愕然とする。

最近は竜也が相手でもそのまま本音を話してしまうことが多い。まあ、例の件がきっかけでビビらなくなったせいだろうけど。果たして良いことなのか？　どうだろう。

大して美味くもない学食の盛り蕎麦を啜っていた怜太が、はっとしたように言った。

「竜也は別に巨乳好きじゃないからね。そういうことか」

「そういうことじゃねえよ⁉」

なんか、最近の竜也ってだいぶいじられ役だな。

まあ怜太とは元からこうなのかもしれないが、何にせよちょっと不憫だ。

「そもそも俺が巨乳好きじゃないって情報はどっから出てきた？」

「ん？　そりゃぁだって……ねえ？」

肩をすくめて俺を見る怜太。なんでそこで俺を見る。

思わず眉をひそめるが、「あっ」と気づいて自分の掌を拳で打つ。

「詩が好きだからってことか！」

確かに、詩に胸はない。もう壁と言っても過言じゃない。

そんな詩が好きな竜也は、特に巨乳が好きなわけじゃないという怜太の推測か。人の感情には疎い俺だが、今の怜太の視線の意味には気づけたぞ。フフフ、成長を感じる。

ひとりニヤついていたら、なぜか竜也の腕が俺の首に回された。

「ちょ、待って待ってギブギブギブ！」

「竜也、そのへんにしておかないと死ぬよ？」

俺が首を絞められて泡を吹いていると、怜太の冷静な指摘で何とか死を免れる。

他人事のような怜太を睨みつけてから、竜也はため息をついた。

「好きな奴と、好きな胸のサイズは別に関係ねえだろ」

「好きになった人のサイズが好きってやつかな？」

「お前も夏希と同じ目に遭うか？」

額に青筋を浮かべた竜也が怜太ににじり寄ったタイミングで、

「あ、いたいた。やっほー」

噂をすれば何とやら、というやつか。

当人の詩が俺たちのもとに駆け寄ってくる。その後ろには七瀬と星宮もいた。

「何の話してたの？」

詩の問いに一瞬だけ固まる俺たち。

だが、怜太、竜也と俺の間で瞬時にアイコンタクトがなされ、あまりにも自然な雰囲気のまま怜太が「大したことじゃないよ。美味しい学食の話さ」と言った。

竜也が真剣な表情で続ける。

「コスパ考えたらカレーが最強なんだけどな、若干高くても良いなら焼き鳥丼かもしれねえってとこで揉めてたんだよ。そうだよな？　夏希」

「ああ。個人的には唐揚げ丼も捨てがたいんだけどな」

俺が重々しく頷くと、詩はきょとんとしていた。

「死ぬほどくだらない話だね？」

本当の話を誤魔化すことには成功したようだが、その代わりに男三人のメンタルに言葉のナイフが突き刺さった。あの怜太ですら胸を押さえて若干ふらついている。

「と、とにかく、わざわざ食堂に来るなんて、どうしたんだ？」

ゴホンゴホン！　と咳払いして話題を変える。

一年生の教室から食堂まではそれなりに距離がある。

普段なら俺たちが教室に戻って合流するのに、今日は女子組がこっちに来てくれた理由が気になった。時間的に今から昼食を食べるわけでもないだろう。

「良い天気だからちょっと食後の散歩してたんだ！　そのついで」

詩が元気よく返事をしながら、窓を指差す。

言われてみると、確かに気が晴れるぐらいの青空だった。気温も程々に暖かく、爽やかな風も吹いている。こんな日は、外で昼寝でもしたらきっと最高だろう。

「来週から梅雨入りしちゃうみたいだし、こんな天気も少なくなりそうだからね」

星宮が補足する。そういえば今朝見た天気予報でも同じことを言っていた。来週から六月に入り、同時に梅雨入りするらしい。来週からしばらくは雨の予報だった。

「うへぇ、嫌だなぁ」

「竜也たちは中部活だからまだマシでしょ」

竜也が嫌そうに言うが、怜太もため息をつく。

確かに外部活は梅雨時期、面倒だろうなぁ。

「僕らなんて雨の日は校内ランニングと筋トレぐらいしかできないからね」

「屋内グラウンド設備とか作ってもらえねえのか？」

「強豪になったらワンチャンあるかもね。群馬だから敷地だけはあるし」

そんな風に雑談をしながら食事を終えた俺たちは、教室に戻ることにした。

ぞろぞろ六人並んで廊下を歩いている時、ふと星宮が足を止める。

「――あ、わたし、図書室寄ってから戻るね」

なぜか手提げ袋を持っているとは思っていたが、本を返すためか。

「おう」

「おっけー！」

「了解」

「先に戻ってるわね」

みんなが返事をして、星宮を置いて教室に戻る流れに。

――ここはチャンスか。

「あ、俺も図書室寄るわ。借りたい本もあるし」

そう伝えると、みんなは普通に返事をして廊下を歩いていく。

残された俺と星宮は、近くにある図書室の扉を開けた。

「借りたい本って?」

「まあ具体的に何かあるわけじゃないんだけど、この前星宮に借りた『英雄探偵』が面白かったからさ。似たようなやつで何かないかなと思って」

「おー、いいですねー」

星宮はニコニコしながら頷く。

期せずして良い感じの会話の流れができた気がする。

『英雄探偵』の話題を出した今なら映画の提案をしても自然だろう。

よ、よし、噛むなよ俺。

「そうだ、星宮。昨日『英雄探偵』が映画化するって話してたじゃん?」

「うん! あれめっちゃ楽しみなんだよねー」

「俺も俺も。でさ、よかったら一緒に観に行かない?」

「……もちろん、いいよ!」

一瞬だけ、星宮の返答に間があったように感じる。

気のせいか、それとも躊躇ったのか。

俺がその空白の意味を考えていると、星宮は言葉を続けた。

「せっかくだし、他にも誰か誘う？」

……これは、暗に二人きりを拒絶しているのか。

映画に行くこと自体は問題ないが、休日に二人きりはちょっと……って感じか。まあ休日に二人きりで映画って紛れもなくデートだよな。実際ハードルは高いと思う。

「……ああ。てか、すでに美織が観に行きたいって言ってるんだよね」

だから俺は用意していた台詞を続ける。

「へぇ、美織ちゃんが！　映画好きなのかな？　ちょっと意外かも」

「あー、まあそうかもね。意外と観るらしいよ」

よく知らないけど適当にそう答えると、星宮はちょっと考えるような仕草で呟く。

「……でも、そうなるとわたしってちょっとお邪魔じゃないかな？」

「え、何で？」

「だって、二人は幼馴染なんでしょ？」

もしかして星宮は、美織と俺の間に何かあるとでも思っているのか。

まあ他人から見る幼馴染ってそうなのかもしれないが。その発想は逆になかったな。

「ああいや、怜太も誘おうと思ってるから。映画鑑賞が趣味みたいだし」

「そうなんだ。ふーん、怜太くんも……」

本棚を見ながら話している俺たちの間に、一瞬だけ沈黙が降りる。

「……………もしかして、そういう感じ？」

星宮はちょっと頬を紅潮させて、俺を覗き込む感じで尋ねてきた。

そういう感じって、どういう感じですかね……？

もしかして俺の作戦の意図、完全に見破られている？

まずいな。だとしたら俺の星宮への気持ちを悟られたかもしれない。

ちょっと作戦が大胆すぎたか？　どうする？　どう対応する？

そんな風に俺が思考を回転させていると、星宮は目をきらきらさせて言った。

「この前の勉強会の時も思ってたけど、美織ちゃんって怜太くんのこと好きなの？」

「……………あ、そっち!?　そういう感じって、そっちのことね！

まあ実際、目的の半分はそっちなので、別に星宮の推測は間違っていない。

とりあえず俺の星宮への気持ちがバレたわけじゃなさそうだ。

内心でほっとした俺だが、美織の件はどう答えるのが正解なのか。

まあ俺が同じグループの星宮を誘うことより、いくら俺と幼馴染繋がりとはいえ美織が怜太を誘うことの方が不自然に映るか。その四人である意味を考えるとな。

俺の沈黙を肯定と捉えたのか、星宮は口元に両手を当てる。

「やっぱり、そういうことなんだ……黙るってことは、口止めされてるんでしょ？」

「ああいや、そういうわけじゃないんだが……」

別に口止めはされていない。

流石に怜太本人に言うのは躊躇われるけど、星宮に知られる分にはいいのか？

まあ、そんな風に悩んでいる時点で肯定と同義ではあるが。

「ふふ、じゃあ答えなくていいよ。うん。わたしも協力するね！　元々、映画は観に行く予定だったし、そういうの好きだから、一石二鳥かも。楽しみだなー」

なんか変な話の流れになってしまった。

とはいえ別に悪い流れになったわけじゃない……はずだ。

「とりあえず来週の土曜の午後ぐらいが候補なんだけど、どう？」

「全然大丈夫だよ！　わたし、土日はだいたい暇だから。後は怜太くんだね！」

「怜太には俺から言っておくよ。細かい時間とか集合場所は、また後で」

そんな感じで話はまとまったが、後は肝心の怜太だ。いくら映画鑑賞が趣味だと知っているからといって、必ず来てくれるとは限らない。そこはもう祈るしかないな。

＊

「映画？　『英雄探偵』か。ちょっと気になってたんだよね。行こうか」

放課後。普通に怜太を誘うと、あっさりと許可が出た。

面子(メンツ)を伝えても星宮と違って、「おっけー」以上の反応はない。

こっちから聞こうかとも思ったが、変に聞いても藪蛇になりそうだ。そもそも怜太なら美織の気持ちも、俺の気持ちも、だいたい察してそうな気もするからな。

「じゃ、僕は部活行くから。来週の土曜日だよね？」

「ああ。午後一時ぐらいかな？」

「了解。多分大丈夫だけど、何かあったら連絡(れんらく)するよ」

怜太はひらひらと手を振(ふ)って教室を出ていく。

ちょっと緊張したが、何とか作戦は実行できそうだ。

「……さて、帰るか」

今日はバイトもない。家で筋トレでもするか。筋肉だけは俺を裏切らないからな。

鞄(かばん)を開いて帰宅準備をしていると、扉の方から足音がした。

音の方角に目を向けると、背が小さく愛らしい少女が見える。

そこにいたのは佐倉詩だった。

「どうした？　部活に行ったんじゃなかったのか？」

「……えっと、ちょっと忘れ物しちゃって！」

てへへ、と詩は頭をかく。

それから慌てたように自分の席に向かうと、何やら机の中を探し始めた。

……もしかして、さっきの話を聞いていたのだろうか？

「……ね、ナツ」

探し物が見つかったのか、机の中を覗いていた詩は振り向いて、俺を見る。

その表情にいつもと同じような元気はなく、どこか不安そうにしている気がした。

「映画、観に行くんだ？」

「ああ、さっきの話聞いてたのか。そうだよ」

「レイと、ヒカリンと、ミオリン？」

「今のところその四人の予定だな」

「なんか、ちょっと意外な面子だね？」

「……そうかもな。まあミステリ映画に興味がある人で集めたから」

嘘じゃないが、本当とも言い難い説明を捻り出す。

「……あたしも行きたいな」

「え？　『英雄探偵』って映画だけど、興味あるのか？」

意外に思っていると、詩はゆるゆると首を横に振る。

「……ごめん。その映画には、正直そんなに興味ないけど」

じゃあ、どうして？

そう尋ねようとして、詩が俺を見ていることに気づく。

自分の机に腰かけて、ちょっと前屈みで、頬を紅潮させて、俺をじっと見ていた。

詩はそれ以上、何も言わなかった。

二人だけの教室に沈黙が落ちて、窓から野球部の掛け声が聞こえてくる。

流石の俺でも、気づく。気づいてしまう。詩は、映画に行きたいわけじゃない。俺と一緒に遊びに行きたいのだと。だって詩は、きっと俺のことを好いてくれている。

急に、胸が高鳴る。

詩と目が合ったまま、どれぐらいの時間が過ぎただろうか。

可愛らしい顔立ちに、くりくりと大きな目に、吸い込まれそうになる。

……なんか、俺って単純なんだな。

こうやって分かりやすく好意を見せられると、急に詩が可愛く見えてくる。

この子は本当に俺のことが好きなんだなと、自覚する。

でも、見惚れている場合じゃない。
一緒に行きたいという意思表示をした詩に、俺は何かしら答えないといけない。
俺は、どう答えるべきだ？　何が正解なんだ？
美織との作戦では、四人でのダブルデート的な感じを作るのは重要だろう。
ここに詩を入れるのは、作戦としては好ましくない。
気持ちとしては俺も詩とは一緒に遊びたいし、映画の感想を共有したいと思う。
詩がいれば、きっと楽しい。それは間違いない。
でも、俺が好きなのは星宮だ。結局のところ、詩の気持ちには応えられない。
だったら、俺は詩に対して、どういう反応をすればいい？
「……ま、映画自体に興味ないなら、今回はやめといた方がいいんじゃないか？」
結局、そんな無難な返答しかできなかった。
詩はこくりと頷く。
「……うん、そうだよね。じゃあ、また何か別の機会でさ、一緒に遊ぼ？」
「それは、もちろん。俺も、詩とは一緒に遊びたいから」
詩の問いに本音で応えると、不安げな表情だった詩は花咲くように笑った。
罪悪感混じりの言葉で、そこまで嬉しそうにされると、何だか胸が苦しくなった。

それから詩は時計の方を見て「あっ」と呟くと、慌てたように教室を飛び出していく。

「ご、ごめん。そろそろ部活始まるから、あたし行くね！　また明日！」

角を曲がるまで、その小さな背中をじっと見ていた。

脳裏には、さっきの詩の表情が焼き付いている。元々、表情豊かな女の子だとは思っていたけど、俺の言葉ひとつであれだけ表情が変化するなんて思わなかった。

……分からない。どうすればいいか、俺には分からない。

灰色の青春時代を過ごしてきた俺だ。今まで、俺のことを好きになってくれた女の子なんてひとりもいなかった。いつだって俺の片思いで、恋愛のれの字もなかった。

だから何となく詩の好意を察しても、今まで実感が湧いていなかった。

だが、いざ自覚すると、対応の仕方が分からない。

俺も詩のことが好きなら、話は単純だ。というかハッピーエンドだろう。

だけど、そうじゃない時は？

……俺は、詩が悲しむ顔を見たくない。詩には笑顔でいてほしい。

世のモテる男たちは、自分を好いてくれる女の子にどう対応しているのだろう。

帰り道をとぼとぼと歩きながら、そんなことを考えていた。

*

そして一週間が過ぎ、土曜日になった。

地元駅の前で美織と合流した俺は、集合場所の前橋駅を目指して電車に乗る。

隣に座っている美織は、今日は一段と可愛かった。俺も美織の私服姿は見たことがあるけど、あの時とは気合の入れ方が違う。化粧も完璧で、なんか輝いて見える。

だが、そこに触れると負けた気がするので、俺は別の話題を振る。

美織に相談したのは、詩のことだった。俺の虹色青春計画を支えてくれるパートナーであり、詩とも同じ部活で仲が良い美織に相談するのが一番良いと思ったからだ。

「——まあ、良い感じにキープしとくのが無難じゃない？」

それが、美織の回答だった。

「いや、キープって、そんな不誠実な……」

「そこで不誠実だと思ってるあたりが、童貞くんなんだよ」

美織はジト目になり、俺の額をデコピンで弾く。痛いからやめろ。

「別にあなた、まだ陽花里ちゃんと付き合ってるわけでもないでしょ。だったら、今の段階で詩を突き放す理由なんてない。これから好きになる可能性だってあるじゃん」

……これから好きになる可能性、か。それは考えていなかった。

脳裏に、詩の笑顔が過る。正直、その可能性を否定できない自分がいた。

「自分のことが好きな女は、気になっちゃうのが男だからね」

「うっ……」

耳元でささやくように言われ、ぐうの音も出なくなってしまう俺。

「逆に聞きたいんだけど、なんで詩じゃ駄目なの？　あんなに可愛くて性格も良い子、なかなかいないよ？　あなたにはもったいないぐらい。ていうかもったいない」

グサグサと言葉のナイフが突き刺さる。

「そんなことは俺が一番よく分かってるよ……」

俺なんかのことを好いてくれている。本当にありがたいことだ。

でも俺の心の中には、星宮がいる。

あの日。入学式の日。花びら舞い散る桜並木の下で目が合った時、俺は、忘れかけていた星宮への恋心を思い出したんだ。満開の桜がよく似合う女の子だと思ったんだ。

「……結構、真剣なんだね」

思い悩む俺を見て、思考を見透かしているかのように美織は呟く。

それから美織は肩をすくめて、

「まあ、キープはちょっと言い方悪いか。別に、詩から告白してこない限りは、普通にしてればいいんじゃないってだけだよ。わざわざ遠ざける必要なんてないから」

「……まあ、そうだよな」

美織の言葉で、少しだけ気が楽になった。

「私の方からも詩に言っておくよ。まだ好感度を稼ぐターンだって」

「いや、これ以上好感度を稼がれても困るんだよな……」

つい本音を零すと、隣の美織がにやーっと口元を歪めた。

「へぇー？」

やべ、余計なことを口走ったな……。

こんなの詩のことも女子として気になっていると白状しているようなものだ。

……ええい、こちとら女子耐性が皆無に等しいんだ。

あんなに可愛くて距離が近い女の子がいたら、気になるに決まってるだろ！

俺が内心で逆ギレしている間に、電車が目的地に到着した。

外に出ると、むわっとした熱気が体を覆う。夏が近づいている。空は、今にも雨が降りそうなほどの曇り空だった。念のため、折り畳み傘はバッグに忍ばせている。

「梅雨入りは来週からって予報だよな？」

「まあ雨が降っても、今日は外で遊ぶわけじゃないから大丈夫でしょ」

俺たちがそんな会話をしながら改札を通ると、駅前の花壇の近くに星宮と怜太がすでに集合していた。二人は仲良さそうに話していて、こっちに気づいていない。

「――もう、ちょっとやだ、怜太くんったら」

「――はは、冗談だよ。星宮さんは反応が面白いからさ」

なんか理想的な美男美女って感じで、とてもお似合いのカップルに見える。

何となく隣を見ると、美織は愕然とした表情だった。きっと俺も同じだろう。

「そ、そこで良い感じなのは予想外だよ……」

「ま、まあ同じグループだから友達として仲良いだけだよ……多分」

こそこそと耳打ちしてくる美織に返答するが、なんか互いの声が震えていた。

「おーい！」

「二人とも、こんにちは！」

さておき、放置しておくとまずい気がするので俺たちは二人と合流する。

「あ、おはよう……って、もうおはようって時間じゃないか」

たはは、と照れたように笑う星宮は、黄色を基調としたシャツに白のパンツ。シンプルながらもよく似合っている。星宮の私服姿、相変わらずお洒落だなぁ。

「もう午後一時だよ。もしかして起きたばっかり？」

そう言って星宮をからかう怜太は、白いポロシャツに制服ズボンだ。部活帰りにそのまま
まこっちに来たんだろう。ちょっと時間がギリギリだったのかもしれない。

「いやいや、十時には起きてたから！」

「結構遅いな？」

俺がツッコむと、星宮はちょっと恥ずかしそうに言う。

「二度寝しちゃったから……」

「いいなぁ。僕なんて七時起きだよ。多分、美織もそうでしょ？」

美織も午前中は部活だったようだが、いったん家に帰って、シャワーを浴びて着替えて
きている。サッカー部より早めに練習が終わったのもあるだろうが、俺たちの地元はなか
なか遠いのに往復するとは……この作戦に対して気合が入っているのだろう。

……というか、なんか知らないうちに怜太が美織呼びになっている。前はちゃん付けで
呼んでいた気がするのに。俺がいないところでも、着々と距離を詰めているのか。

「私は六時起きだよー。学校までちょっと遠いからさ」

「練習開始は八時半とか？」

「そうそう。九時にしてくれたらもうちょっと楽なんだけどなー」

美織と怜太が部活話で盛り上がっているので、何となく星宮と目が合う。

「映画、楽しみだね！」

ぱあっと、星宮は華やぐように笑った。

「そうだな」

俺は頷く。映画が楽しみなのも本心だ。でも、こんな楽しそうな星宮と一緒にいることができるのは、それ以上に楽しみだとも思った。今日も一日、頑張るぞい！

＊

やってきたのは駅の近くにあるショッピングモールだった。

ここには映画館も併設されている。まず映画館で『英雄探偵』のチケットを購入した俺たちは、映画が始まるまでの待ち時間でモール内を散策していた。

いわゆるウインドウショッピングというやつだろうか。

美織が服を見たいと言ったので、俺たちはそれに付き合っている。

……もっとも、そんな流れを作ったのも俺と美織の作戦通りなわけだが。

映画までだいたい一時間はある。この絶妙に空いた（あえて俺たちが空けた）時間を有効活用して、それぞれ星宮と怜太との距離を詰める……予定だったのだが。

「え、待ってこの夏服めっちゃ可愛い！」

「ほんとだ！　それ美織ちゃん絶対似合うよ！　着てみよ着てみよ！」

なんか美織は普通に星宮とショッピングを楽しんでいる。星宮ときゃっきゃしている美織は俺の微妙な視線に気づいたのか、こほんとわざとらしく咳払いをした。

「露骨に怜太くんとばっかり話すのも不自然でしょ？　これも作戦なの」

星宮たちに聞こえないように、ひそひそと言い訳をする美織。

正直、説得力はまったくなかった。

「どうだかなぁ……まあ、星宮が楽しそうだからいいけど」

「あなたこそ、もっとちゃんと陽花里ちゃんに話しかけなさいよ」

そうやって俺たちがこそこそ話しているのが目に付いたのか、怜太が微笑む。

「やっぱり幼馴染だなぁ。仲良いね」

ビクッと肩を震わせる俺たち。この流れは一番まずい！

「い、いやぁ、全然そんなことないけどなぁ」

「そ、そうそう。こんな奴、ただの腐れ縁なんだから」

美織が俺の頬をつねりながら言う。痛いって！　というかそれ、むしろ仲良さそうに見える気がするからやめろ！　さては慌てると冷静な判断ができなくなるタイプか。

怜太は面白い見世物でも見たかのように肩を揺らしている。

「それよりわたし、ちょっとこの服を試着してこようかな！」

美織は話題を逸らして、さっき星宮に推されていた夏服を手に試着室に入った。

「今日は何だか慌ただしいね？」

怜太は美織の様子を見て、俺に問いかけてくる。

「確かになぁ」

様子がちょっとおかしいのは間違いない。普段はもっと余裕ある感じなのに。

あの美織も、好きな男の前だと緊張するのだろうか。

まあ何だかんだ言っても、まだ高校一年生だよな。男慣れしていそうな態度も、単に強がっているだけの可能性もある。そう思うと、何だか美織が可愛く思えてきたな。

「ね、ね、夏希くん」

試着室の前で手持ち無沙汰にしていると、星宮に袖を引っ張られた。

あ、あの……そう簡単に袖とか引っ張らないでほしい。心臓が跳ね上がるので。

「これ、どうかな？」

星宮が自分の上半身と重ねるように見せてきたのは、着丈の長い水色のワイシャツ。

俺にファッションセンスはないが、シルエットが良い感じには見える。

「似合ってるんじゃない？」

そう伝えると、星宮は「やたっ！」と喜んでから、

「こっちのやつと迷ってるんだよねー。ちょっとこっち来て！」

と、俺の手を引いた。あまりの出来事に何も言えなくなった俺が口をぱくぱくさせているると、星宮はちょっと離れたところで止まり、ふふんと楽しそうに微笑む。

「星宮？」

俺が首をひねると、星宮は口元に指を立てて、小声で言った。

「ふふ、ちょっと二人きりにしてみよっかなと思って」

星宮の視線の先を追うと、ちょうど試着室の美織がカーテンを開けたところだった。

「あれ？　怜太くんだけ？」

「うん。二人はあっちで服を選んでるみたいだよ」

「そ、そっか」

何だかしおらしいな、あいつ……。

猫を被っている……というわけでもなさそうだ。

作戦会議中は二人きりになるように誘導してくれって言っていたくせに、いざ俺たちが

いなくなると不安そうなのがちょっと面白い。怜太には強気に出られないのか。

「似合ってるね、その服。可愛いと思うよ」

「ほんと？　ありがとう」

さらっと誉め言葉を伝えている怜太は流石だ。

俺が似たような台詞を言ったら、違和感バリバリだと思う。

そもそも、女の子に面と向かって可愛いとか絶対言えないよ……。

「じゃあ、これ、買っちゃおうかな」

「うん、良いと思う。サイズとかは大丈夫？」

怜太の問いに、美織は頷く。

そんな二人の様子を見ながら、隣の星宮が呟いた。

「なんか怜太くんって、流石だよね。女の子が喜ぶ台詞、自然に言ってる」

「……そうだな。モテる男のオーラがすごい」

「実際、同じ学年の女子からは大人気だよ。こう見ると人気の理由が分かるなぁ」

「そいつは羨ましい」

何気なく本音で答えると、隣の星宮から視線を感じる。

そちらを見ると、星宮は何だか微妙に不満そうな顔で俺を見ていた。

「……同じぐらい人気な人が何か言ってる……」

……え？　本当に？

確かに、最近は女子の視線を感じることも増えていたが。

「いやいや、怜太と違って、俺はあんまり星宮たち以外の女子とは話さないし」

これは本当だ。元々陰キャの俺が一気に交友関係を広げても失敗するのは目に見えているので、今のグループ以外の友達作りは、ゆっくりと着実に行っている。

だからクラスメイトでも、ほとんど話したことのない女子はいまだに多い。

「そこが、クールな感じで逆に良いんじゃない？」

「そ、そんなことある？　星宮、もしかして適当に言ってない？」

「適当じゃないよー。まあわたしたちは夏希くんと仲良いから、夏希くんが意外と残念なところもあるのは知ってるけど、他の女の子はそうじゃないからね」

「ざ、残念……」

星宮に仲が良いと言われた嬉しさと、残念だと言われた悲しさが同時に俺を襲う。感情のジェットコースターに振り回されている俺を見て、星宮は慌てて補足する。

「あ、いや、残念って言っても、ほら、この前の竜也くんの件みたいにさ、まだ夏希くんのこと完璧だって思ってる人は多いけど、実際は人間味があるよねってこと！」

俺の心はガラスだが、わたわたしている星宮の可愛さを摂取して何とか回復する。

「そ、そうだよな……あんまり俺に期待しないでほしいな……みんな」

俺に夢を見ると、現実を知った時に落差で失望するぞ。

それから少しだけ沈黙が落ちて、俺が次の話題を考えていると星宮が呟いた。

「……ていうか、夏希くんって、モテたいの？」

「な、何だよ急に」

「だってさっき、モテる怜太くんのこと、羨ましいって言ってたから……」

思わず本音が零れたところを、掘り返される俺だった。

……そりゃ俺だって男だ。女の子にちやほやされたい感情はある。

とはいえ、星宮の前でその気持ちを晒すのは良くないな。何とか誤魔化せないか。

「いや、まあ言葉の綾というか……」

「……ふーん。モテてよかったですねー」

駄目だ。まったく信じられていない。どうすれば誤魔化せる？

「逆に、星宮はどうなの？」

高速で思考を回転させた俺は、逆に問い返すという天才の答えを導き出した。

「わ、わたし？　うーん……モテたいって思ったことはないかな……」

強者の意見だ。モテない女が聞いたらキレそう。

「……ただ、これでも努力してるし、綺麗だとは思ってもらいたいな」

星宮は首元のネックレスを触りながら、そう答えた。

それは、俺も共感できる意見だ。かっこよくなろうと努力しているのだから、かっこいいとは思ってもらいたい。単純に、頑張った自分を認めてほしいという感情だ。

「……星宮は、綺麗だよ」

謎に共感して気持ちが高まったせいか、思わず俺はそう呟いていた。

隣に立つ星宮は驚いたように目を瞬かせており、いたたまれない気持ちになる。

「……えっと、ありがとう？」

な、何言っちゃってんだ俺は急に……お、落ち着け俺……。

「そ、そろそろ怪しまれちゃう気がするし、二人のところに戻ろっか！」

星宮は急に上ずった声でそう言うと、二人のところに歩いていく。何だかぎこちない歩き方だ。ちらりと見えた横顔には、なぜか朱色が差しているように見えた。

「あれ？　服選んでたんじゃないの？」

「あ、えっと、なんかちょっと微妙だったからやっぱやめちゃった」

首を傾げる怜太に、星宮はそれっぽい理屈を捻り出していた。

美織はどうやらさっき怜太に褒められた夏服を購入したらしい。その手にはこの店のロゴが入った紙袋をぶら下げている。その美織はすすす、と俺の傍に寄ってきた。

「……どこ行ってたの？」

「ん？　作戦通り二手に分かれただけだろ。何の問題がある？」

「……突然二人にされたら驚くでしょ」

何だか不満げな様子だ。

まあ実際、俺が意図した行動じゃないわけだが。

「てかお前、何でそんなにしおらしい感じになってんだ。この前の勉強会の時はもっと積極的な感じだったろ？　今日もあの感じでいった方がいいんじゃないか？」

「……がっつきすぎな感じも嫌われるから。今日はわざと控えめなの。それだけ」

美織の言い訳を聞きながら、腕時計を見る。

映画が始まる時間が近づいていた。

「良い時間だし、そろそろ移動するか」

俺がそう提案すると、怜太が「十五分前か」と呟きながら頷く。

「そうだね。僕、映画が始まる前のさ、別の映画の予告映像見るの好きなんだ」

「あ、分かる！　あれから気になる作品見つけられたりもするよねー」

怜太の言葉に星宮が同意して、なんか二人で盛り上がり始めた。

やっぱり趣味が近いのは強いな。

俺はアニメ映画はたまに見るけど映画オタクじゃないし、美織もたまにしか映画は見ない一般人なので、二人の映画あるあるトークについていけない。

まだ作戦は始まったばかりだが、本当にこれで大丈夫なんだろうか。

星宮と休日に遊べているだけで十分楽しいが、正直先行きが不安ではあった。

*

薄暗いが、まだ明かりが点いている映画館のシアター内に入る。

予告映像も始まっていない時間帯なので、周囲は若干ざわついていた。

早めにチケットを購入していた俺たちは真ん中あたりの席の確保に成功している。

席順は、星宮と隣になりたい俺、怜太と隣になりたい美織、そして美織と怜太の仲を取り持つ俺に協力しようとしている星宮という三人の思惑が交差した結果、無言のアイコンタクトにより、スクリーンに向かって右から星宮、俺、美織、怜太の順になった。

俺たちが席に座ってすぐに予告映像が始まる。

隣を見ると、星宮は予告映像を見ながらポップコーンの箱を抱えており、はむはむと一粒ずつ口に運んでいる。なんか小動物的な可愛らしさがあるな。

「そんなに食べられる？」

「ノリで頼んじゃったけど、ちょっと多いかも……夏希くんも食べて？」

星宮の言葉に甘えて、キャラメル味のポップコーンを口に運ぶ。

……うーん、甘い。やはりポップコーンは塩だな、と密かに思う俺だった。

美織は美織で、予告映像を見ながら何やら小声で怜太と話している。

ちょっと良い雰囲気に見えるし、邪魔しない方が良さそうだ。

そうこうしているうちに、映画の本編が始まる。

周囲のささやき声がぴたりと止み、耳に入ってくるのは映画の音だけだ。

やはり映画館は良いな。音響設備が良いと物語への没入感が違う気がする。すぐに作戦のことなんて頭から消え、意識が物語の世界に潜り込んでいく。

この物語はヒーローを自称する少年が、殺人事件に巻き込まれる場面から始まる。

まず死体を転がすというミステリの定番展開ではあるが、自称ヒーローの主人公ハルマは助けられなかったことを、間に合わなかったことを嘆く。この時点でだいぶ悲しい。

この映画『英雄探偵』の原作小説はシリーズものになっているが、ジャンルがミステリである以上、この主人公が人を助ける展開は基本的にない。

つまり、この主人公はいつも間に合わず、もう起きてしまった事件を解決することしかできないのだ。何度見てもえげつない設定だ。すでに心が折れそう。

今回映画化された部分は、『英雄探偵』の一巻。原初となる物語。

自称ヒーローの主人公ハルマが過ごしている学校で起きた殺人事件。

殺されたのは、ハルマの最愛の恋人、ニカ。

ハルマがヒーローを名乗る理由となる少女だった。

『……俺は、ヒーローなんかじゃなかった』

絶望するハルマを奮い立たせたのは、幼馴染の少女、メルヤ。

彼女は高校生にして、探偵界で難事件を次々に解決する名探偵だ。半ば強制的にメルヤの助手に任命されたハルマは、事件の解決に協力することになるが……。

正直、原作既読なので推理やトリックの部分には興味を惹かれない。

もちろん好きな作品が映像化されている時点で、見ていて楽しいとは思うけど。

それ以上に、俺の心を動かしたのは、作中の人間関係の描写だった。

原作ではあまり描かれていない部分が、映像化にあたって強調されている。

事件の犯人は、恋人ニカの親友であるはずの少女マイナだった。

ハルマとも仲が良く、ニカも含めて三人で遊ぶこともたくさんあった。

それなのに、なぜ殺したのか？

すべてを諦めたマイナが明かしたのは、ハルマへの恋心だった。

ニカはマイナの恋心に気づき、ハルマから引き離そうとしたが、マイナも反抗する。

三人で遊ぶ度に、裏では二人の関係にひびが入っていった。

好きな男が一緒だから。

やがて二人は喧嘩になり、マイナが思わずニカを突き飛ばした結果、ニカは階段から落ちて死んでしまう。その後、死因を誤魔化し、アリバイを作り、マイナは様々なトリックで別の人物を犯人に仕立て上げようとしたが、ハルマたちに真実を見抜かれた。

結局、元を辿れば単純な物語だった。

あんなに仲が良かった二人の関係が、嫉妬によって崩壊した。

恋愛感情によるグループの崩壊。他人事のような気がせず、ふと意識が現実に戻ってきてしまう。なんとなしに隣を見ると、星宮の横顔がそこにあった。

星宮の視線は、映画に集中している。だから、俺がこんな間近で星宮の顔を眺めていても気づかない。近くで見ると、よく分かる。人形のように精巧な顔立ちだった。

——この子が彼女になってくれたら、どんなに嬉しいだろうか。

そう思いながらも、詩の顔が脳裏を過る。

もし俺が星宮と付き合ったら、詩はどう思うのだろうか。

この映画は極端な事例だとしても、実際に竜也の一件もあった。

俺の虹色青春計画は、もちろん俺が理想とする青春を手に入れるための計画だ。

その目的には、心を許せる友達と愛する恋人の存在が含まれている。

……しかし、俺が理想とする友人関係は、恋愛感情と共存できるのだろうか？

そんな問いかけが、上映中ずっと頭の中を駆け巡っていた。

*

「めっちゃ良かったね！」

星宮が、それはもう嬉しそうに目をきらきらと輝かせながら語っている。

ショッピングモール内のレストランの一角だった。『英雄探偵』を観終わった俺たちは
夕食と映画の感想会を兼ねて、長居できそうな雰囲気の店を訪れていた。

「語るのはいいけど、手元が進んでないよ」

そう言って苦笑する怜太は、すでに手元の和風パスタを食べ終えている。

「だ、だって話したいことがいっぱいあるから……」

星宮の手元にはカルボナーラ。ポップコーンをあんなに食べていたのに、まだ腹に入るのかよ、とちょっと戦慄する俺。星宮、意外と結構な量を食えるんだな……。

「食べてからでも大丈夫だよ。冷める前に食べよ？」

美織は子供を窘めるような感じで、星宮に助言している。

美織の根本的に世話焼きな部分が星宮を放っておけないらしい。

なかなか相性が良さそうだな、この二人。

「うん……って、美織ちゃんもう食べ終わってるの⁉」

「運動部やってると食べるの早くなるんだよねー」

急かされるから、と苦笑する美織に「わかる」と怜太が同意する。

そのまま部活話で盛り上がる二人を、パスタを黙々と食べながら眺める俺。

なんかこの二人も良い雰囲気だな。

慣れてきたのか、美織の緊張が解けたように見える。

ふと星宮を見ると、目が合う。お互いに咀嚼中なので会話はできないが、星宮は視線で会話しようとしてくる。多分、星宮は「あの二人食べるの早すぎだよ！」みたいなことを伝えようとしているので、とりあえず二回ほど頷いて同意しておいた。

ちなみに俺も運動部だったが、別に食べるのは早くない。わざわざ俺を急かすような人はいなかったからな。俺がいなくても誰も困らないので……。そもそも、誰も俺に話しかけないのに急かされるわけがない。あれ？　これ気づく必要あった？

俺が自分で自分の心を傷つけている間に食事タイムは終わり、話題は『英雄探偵』の感想会に移っている。

俺は終盤に余計なことを考えたせいか、いまいち物語に集中できなかったので、みんなの会話に相槌を打つだけに留めている。

純粋に映画を楽しんでいたみんなに、水を差したくはないからな。

「……うん？」

レストランの入り口。

扉を開けて入ってきたのは三人組の女子だった。

関わりがあるわけじゃないけど、その顔には見覚えがある。

俺たちと同じ涼鳴の生徒だろう。

多分、三人とも女子バスケ部だった気がする。

一周目は男子バスケ部だったので、隣のコートで練習していた女子バスケ部のことは何となく覚えている。一つ上の先輩だったはずだ。もちろん話したことは一度もない。

彼女らは店員に案内され、空いた席が多い俺たちの近くにやってくる。

ここは高校の近くの大型ショッピングモール。同じ学校の生徒と遭遇するのは何も珍しいことじゃない。群馬の遊べる場所なんて限られているからな。

知り合いじゃないので俺はスルーしたが、三人は俺たちの席の横で足を止める。

「美織……？」

名前を呼んだのは、彼女らの中心に立つショートボブの少女。

目つきがちょっときつい感じだが、綺麗という言葉が似合う美人だった。

美織は驚きの表情でそちらを見る。

「若村先輩……」

ああ、そういえば若村って名前だったな。

他二人はいまだに思い出せないが、若村は女バスの中心人物だったはずだ。

「……先輩たちは、どうしてここに？」

「さっきまで自主練してたから、休憩がてら雑談しに来ただけだよ」

……なんか、妙な空気感だな？

今更ながら、この場に漂う緊張感に気づく。

ただの部活の先輩後輩じゃないのか？

それとも何かあったのか？

若村の横に立つ背の低い女子が、ぽつりと呟いた。

「……ふぅん、自主練に参加しないと思ったら、男の子と遊んでたんだ」

「……何ですか。練習はサボってないですけど」

「そうね。文句はないよ、別に。ほら、行くよあんたたち」

若村は両隣の女子の背中を押して、店員に案内された席へと向かう。

残された俺たちの間に、何とも言えない空気感が漂う。

「ごめんね、変な空気にして」

からん、とアイスカフェラテの氷をかき混ぜながら美織は言った。

「何かあったのか？」

「部活で、ちょっとね。まあ大したことじゃないよ」

俺の問いかけを拒絶するような言葉だった。

そう返されると、深くは聞けない。

美織は微妙な空気を切り替えるように、明るい口調で言った。

「それより、さ、映画の話しよ？　陽花里ちゃんの話、もっと聞きたいな」

「……そうだね！　じゃあじゃあ、個人的に一番よかったのは最後に犯人と対話する場面なんだけど、あそこがね、原作とはまるで印象が違ってね――」

星宮が語り始めて、怜太と美織が相槌を打つ。

ここでさっきまでの雰囲気を取り戻せるのは、みんなのコミュ力がなせる業か。

美織はいつも通りの笑顔に見えるが、やはり少しだけ表情が固い。

……というか、今日は最初からなんかおかしいなとは思っていた。前はもっと怜太にガンガンアクションをかけていたのに、今日はなんだか大人しい。怜太のことが気になっているから緊張しているのもあると思うが、それだけじゃないような気はしていた。

おそらくは午前中の部活練習中に、何かあったのだろう。

美織はこういう時、あまり弱みを見せようとしない。落ち込んでいたとしても、可能な限りいつも通りを演じようとする。昔から、そういう性格だった。

＊

俺たちは程々のところで話を切り上げて、パスタ屋を出た。

「ちょっとトイレ行くわ」

そう伝えると、怜太も俺についてくる。

美織と星宮は、近くのベンチで待ってくれるようだった。

無心に出すものを出していると、隣に並んでいる怜太が話しかけてくる。

「夏希は何か聞いているのかい？」

おそらくはさっきの美織の件だろう。

ぶんぶんと首を横に振ると、怜太は独り言のように呟いた。

「誰にも相談しないタイプか。大事にならなければいいんだけどね」

「……どうだろう？　俺以外に相談してる可能性はある」

「……短い付き合いではあるけど、美織が人を頼るところは見たことがない。けど、幼馴染の君だけは例外に見える。だから、もし美織が頼るとしたら、君だと思う」

本宮美織は、人を頼らない。

確かに、それは俺も昔から思っていることだった。

世話焼きな性格のくせして、自分は人に世話を焼かせようとしない。

「……よく見てるんだな、美織のこと」

幼い頃のガキ大将時代を知っているならともかく、この一か月ちょっとの短い付き合いで美織の本質的な性格を見抜いている。怜太の洞察力はどうなっているんだ。

「前にも言ったでしょ？　昔から周りのことはよく見えるんだ」

――見えすぎるぐらいにね、と続けたあの時の怜太の言葉を思い出す。

怜太はやっぱりすごい。あらゆる人に好かれる怜太の振る舞いは、きっとその洞察力に根付いているのだろう。人の感情に疎い俺には、真似できないとも思ってしまう。

「美織に関しては、それだけじゃないけどね」

怜太はズボンのチャックを閉めながら、平坦な声音で言った。

「……え？」

どういう意味だ？

そう尋ねようとする俺の思考を見透かしたかのように、怜太は俺の肩をぽんと叩く。

「ま、何にせよ、美織が弱みを見せるとしたら、君だ。頼んだよ、美織のこと」

そう言って怜太は手を洗うと、先に男子トイレを出ていった。

怜太にはいったい、どこまで見えているんだ？

人生二周目の俺より、はるかにいろいろなものが見えている気がする。

というか、

「あいつ……洗ってない手で人の肩を叩きやがった……」

オチまで用意するなよ。

*

外に出ると、雨が降っていた。

梅雨入りは来週からだという予報だったのに。

念のため折り畳み傘は持ってきているが、憂鬱なことに代わりはない。

時刻はすでに午後七時が近づいている。

街灯が辺りを照らしているものの、空は暗くなっていた。

四人並んで、駅まで歩く。

俺と怜太、星宮は折り畳み傘を持っていたが、美織は用意していなかった。

だから美織は星宮と相合傘をしながら歩いている。正直、二人が収まるほど傘の面積は大きくないが、お互いに肩を押し付け合ったりしていて何だか楽しそうだった。

不幸中の幸いにも、雨の勢いは弱い。

ちょっと肩が濡れる程度で済みそうだ。

「それじゃみんな、また学校で！」

星宮は門限が近いのか、駅に着くと慌てた様子で改札の奥に消えていった。

「今日は楽しかったよ。また何かあったら誘ってね」

怜太もにこやかな笑みで美織にそう伝えると、駐輪場の方に去っていく。

美織は怜太の言葉に、無言で頷くだけだった。普段の美織なら「絶対誘うね！」とか答えそうなものだが……やっぱり、ちょっと様子がおかしいな。

こういう時、俺はどうするべきなんだろう。

心配ではある。だけど、それを露骨に態度に出すのも、なんか違う気がする。

特に美織は強がる性格だ。大丈夫かどうかを聞いても、大丈夫としか答えないだろう。

人間関係の経験値が少なすぎて、何が正解なのか分からない。

「……さて、帰るか」

とりあえず無難な提案をすると、美織はこくりと頷いた。

「……うん、そうだね」

改札を通り、電車に乗る。

帰宅時間帯のせいか、混雑具合はそこそこだ。

とはいえ、何とか二人並んで席に座ることはできた。

程なくして電車が動き出す。ガタゴトと音が鳴り、電車内が揺れ始めた。

美織は何も喋らなかった。さっき怜太たちと別れるまでは、様子がちょっとおかしいながらも笑顔で対応していたのに。今は、ずっと暗い表情で俯いている。

『ま、何にせよ、美織が弱みを見せるとしたら、君だ。頼んだよ、美織のこと』

さっきの怜太の言葉が脳裏を過る。

確かに今、美織は弱みを見せていると思う。

怜太や星宮には見せなかった部分を、俺にだけは見せている。

それは信頼しているからとかじゃなくて、どちらかと言えば俺が美織にとってどうでもいい存在だから、いてもいなくても気にされていないとかの方向な気はするけど。

俺が言葉に迷っていると、ぽつりと美織が呟いた。

「ごめんね、ダブルデート作戦、あんまり上手くいかなかったね」

……どうだろう。上手くいかなかったのか？

まあ確かに、作戦目標はそれぞれ怜太、星宮と距離を詰めることだ。

別に失敗とは思わないが、予定していたほどの成果は得られていないのかもしれない。

ごく普通に四人で遊んで、それなりに楽しく終わっただけ。

「まあ楽しかったし、別にいいだろ。あんまり焦っても仕方ないしな」

本心から、美織にそう伝える。実際、今日は楽しかった。好きな人を含んだ男女四人で遊ぶなんて一周目では存在しなかったからな。俺は十分に満足している。

「そうだね。うん、そう思う」

美織は俺の言葉に、こくこくと頷く。

……また違和感だ。

俺と違って、美織は現状維持で満足するような奴じゃない。

「なぁ美織。俺は――」

「――大丈夫」

俺が違和感を覚えたことに気づいたのだろうか。

美織は俺の言葉を遮るように、

「大丈夫だよ。私は大丈夫だから、別に心配しなくていいよ」

そう言って、俺の問いかけを拒絶した。

これ以上は踏み込むなと、線を引かれるのはこれで二回目だ。

だから俺にはもう、何も言うことはできなかった。

▼第二章　雨に打たれる君に傘を差そう

六月になり、梅雨が訪れた。

窓の外では今も雨がしとしとと降り続いている。

連日雨が続いているせいか、教室にもどんよりした空気が漂っていた。

じめじめした空気が、肌をじとりと汗で濡らす。暑い。そして湿気が多い。こんな気が滅入るような気候よりは、真夏のからりと乾燥した暑さの方がまだ好きになれる。

だから俺は梅雨が嫌いだった。

ぱたぱたと下敷きで首元を煽ぐと、生き返った気分になる。

授業に集中できずに周りを見回すと、みんなだらっと項垂れていた。

先週と比べて一気に気温も上がり、みんな半袖ワイシャツ一枚に変わっている。

とはいえ冷房をつけるほどじゃない。その絶妙な気温が逆に嫌だな。

「よし、今日はここまでだ。ちゃんと復習しておけよ」

何とか耐えていると英語の授業が終わり、昼休みに突入する。

「夏希、飯行こうよ」

「ああ」

いつも通り怜太に誘われ、立ち上がる。

教室を出ようとするが、どうしても気にかかることが一つあった。

「――詩ちゃん？　話聞いてる？」

「――あ、えっと、ごめん。どんな話だっけ？」

詩の様子がおかしい。

明らかに、普段よりも暗い。

ここ数日ずっと元気がないように見える。

俺の目にも分かるぐらいだ。みんなの目にはより明らかだろう。

……俺に話しかけてくる回数も、減っているように感じる。

「なぁ、怜太」

「……詩のことが気になるんだろう？」

怜太は俺の思考を見透かしたように問い返してくる。

まあ詩の方を見ながら足を止めているのだ。怜太じゃなくても分かるだろうな。

「流石に、おかしいと思う。ちょっと話聞いた方がいいんじゃないか？」

「……心配だけど、話したがってないことを無理に聞き出すのも躊躇われるよね」

怜太は難しい顔で答える。それも一理あるな。

「だけど……タイミング的に、美織の件と無関係とは思えないぞ」

レストランでの一件を思い返しながら呟くと、怜太は顎に手を当てて考え込む。

「……僕は僕でちょっと調べてみるよ。だから夏希は、詩の相談に乗ってあげて」

「……え？　何でだよ。俺が話聞くより、怜太の方が絶対いいだろ」

俺が相談に乗っても役に立たないが、怜太なら役立つことを言えるかもしれない。

そもそも分担する必要があるのか？

首をひねる俺に、怜太は複雑そうな顔で教えてくれた。

「……こういうデリケートな話題を、あんまり大勢で聞くのは好ましくない。あのお喋りな詩がみんなに話そうとしてないんだから。そして、誰かひとりが詩の相談に乗ってあげるとするなら、最適なのは君だ。だって詩は……」

怜太はそこで言葉を止めた。

言葉にしていない部分の意味は俺でも分かった。

君のことが好きなんだから、と、怜太は暗にそう言っている。

「だとしたら、余計に……俺じゃない方がいいんじゃないか？」

俺が好きなのは星宮だ。詩の気持ちには応えられない。それなら、いくら心配だからと言って、詩のプライベートに踏み込む資格はないのかもしれない。

怜太は俺が言いたいことを察したのか、少し考えるような沈黙があった。

やがて怜太は、俺の肩をぽんと叩いた。

「僕だったら、好きな人が自分を気にかけてくれたら、素直に嬉しいと思うよ」

「……分かった。俺が聞いてみるよ」

俺には荷が重い気もするが、詩も美織も心配だ。話を聞きたい。

「頼むよ、夏希。それじゃ、僕は食堂行くから」

「というか、竜也は？」

「竜也なら日野たちと一緒に先に食堂行ってるよ」

「ああ……」

最近はみんなグループ外のクラスメイトとも仲良くなってきたからな。

今日みたいに、昼休みや放課後にいつも集まるってわけじゃなくなってきた。

さておき、怜太と別れた俺は購買でパンを買って教室に戻る。

昼休みの教室では五、六グループに分かれており、それぞれ昼食を机に広げて談笑しているが、そこに詩の姿はなかった。星宮と七瀬は藤原たちと一緒にいるのに。

「あれ？　夏希くん今日は食堂じゃないの？」

俺に気づいた星宮が目をぱちぱちと瞬かせて問いかけてくる。

「ああ、たまにはパンでも食おうかと思って」

購買で買った惣菜パン三個が入った袋を掲げながら答える。

「そっちこそ、詩はどうしたんだ？」

「……分かんない。気づいたら教室にいなかったから」

ふるふると首を横に振る星宮も、心配そうな表情をしている。

「……ひとりになりたいのだとしたら、探すのも躊躇われるわよね」

七瀬は普段通りの表情だが、その口調には迷いが見えた。

……七瀬の言葉も正しい。

ひとりになりたい時に探すのは、鬱陶しいかもしれない。たとえ心配しているだけだとしても、詩にとっては迷惑かもしれない。そう考えると、足が止まる。

お前ごときがいったい何をする気なんだ？　と過去の自分が問いかけてくる。

「――俺、ちょっと話聞いてみるよ」

それでも、俺にだってできることはあるはずだと、今の自分が答えた。

俺が目指している『かっこいい自分』は、虹色青春計画の主人公は、ここで泣きそうな友達を放っておいたりなんかしない。怖がっていたって、何も変わらないんだ。

せめて少しでも、俺という存在が詩の支えとなれるように。

＊

――この学校でひとりになれる場所。心当たりはいくつかある。

何しろ俺は一周目、ひとりで飯を食える場所を常に探していたからな。

穴場スポットならたくさん知っている。というか、俺より詳しい奴はいない。

そして今日は雨だ。となると屋内に限られる。屋上手前の階段の踊り場、部活棟にある物置きも兼ねた広場、二階の奥にある空き教室――三つ目でビンゴだった。

扉を開けると、小さい背中がびくっと揺れた。

窓際に集めてある机に腰かけている詩はおそるおそるこっちを見る。

そして俺だと気づいて、驚いたように目を見開いた。

「ナツ……？　どうしたの？」

普段なら、驚いた時は空にも響くような声を出すくせに。

今日は声にいつものような張りがない。表情の変化も乏しかった。

「──飯、一緒に食おうぜ」

そんな詩の前に、購買のパンが入った袋を掲げる。

「何で、急に……あたしのこと、探してたの？」

「ああ。俺と一緒に飯食うの嫌だったら帰るけど、どうする？」

「そういうわけじゃないけど……」

──あまり気は進まない、と顔にそう描いてある。

だが、ここで引いたら意味がない。端（はし）に集められている机と椅子（いす）を移動させて、二個の机をくっつけて、俺と詩が対面するような形状を作り、その片方の席に座る。

俺がその席で購買のパンを食べ始めると、仕方なさそうに詩は対面の席に座った。

「飯はあるのか？」

「……食欲ないから、いらないよ」

「ちょっとだけでも食べとけって。俺の焼きそばパンやるよ」

詩の前に購買で買った焼きそばパンを差し出すと、渋々（しぶしぶ）といった調子で食べ始めた。

こんな冷たい態度の詩は初めてだ。これはこれで何かに目覚めそう。……いやいや落ち着け。何を考えている。慣れないことをしているせいか、俺も緊張しているようだ。

「なんでここが分かったの？」

焼きそばパンをもそもそと食べながら、詩が尋ねてきた。

「ひとりになれる場所を探させたら、俺の右に出る奴はいない」

「いや、そんな……決め顔で言われても」

「マジで引いた感じの顔やめない？　俺の心はガラスだぞ」

あまりの塩対応に割とガチで俺が傷ついていると、詩はくすりと笑った。

「ごめん。ちょっと冷たかったかも」

若干、声にいつものトーンが戻ったように思う。

「食欲ないからご飯いらないやって思ったんだけど、いざ食べると結構いけそう」

「……風邪でも引いたってわけじゃないんだろ？」

「あはは、体はぴんぴんしてるよ」

詩は乾いた笑いを浮かべる。露骨な愛想笑いだった。

……何というか、悲しくなる。

俺が好きな詩の笑顔はこんなものじゃない。

いったい、何が詩をそうさせた？

その話をするために、俺は今ここにいる。

しかし、どうやって切り出すか。

迷う俺と詩の間に沈黙が落ちる。

それ自体、珍しいことだ。

二人でいる時、詩は常に話題を提供してくれたから。

黙々と、食事が進む。

窓を叩く雨の音だけが響いている。

徐々に雨足が強くなっている気がした。

……俺が口を開こうとしたタイミングで、ふと詩が呟いた。

「あたし、雨は嫌いじゃないんだ」

意外な言葉だった。

アクティブな詩は、雨を嫌いそうだが。

「太陽が雲で隠れて、雨が人を遠ざけて、なんか、世界が閉じたような感じがする。少しだけ居心地が良いって思うんだ。たまにはそんな日がないと、疲れちゃうから」

「……分かるような、分からないような？」

詩的すぎる表現に理解が及ばない。俺が首を捻ると、詩は苦笑した。

「あはは、ごめんね変なこと言って。普段はこういうの口には出さないんだけど」

それもまた意外な言葉だった。

俺は本当に他人のことが見えていないのかもしれない。

いや、詩だって思ったことをそのまま口に出しているわけじゃない。

こう見えて、いろいろ考えている。

そんなことは分かっているつもりだった。

「……女バスで、何かあったのか？」

タイミングを見て本題に入ると、詩はこくりと頷いた。

やっぱり部活で何かあったのか。そうなると、美織の件だと予想はつく。

「今ちょっと、部内の雰囲気がやばいんだ」

そう言って詩が話し始めたのは、人間関係のトラブルだった。

「あたしたち、休日は基本的に午前練なんだけど、午後の数時間ぐらいは自主練するのが当たり前になってて、強制じゃないけど……今は、大会が近いから」

相槌を打ちつつ、詩の話を聞く。

確かに、もう六月だ。インターハイ予選は目の前だろう。

「だから、ほとんど強制みたいなムードになってたんだよね、正直」

「……まあ、よくある話ではあるな」

同調圧力ってやつだろう。

練習に熱が入るのも当然の時期だからな。

「でも、ミオリンがね、自主練の参加頻度低くて、先週の土日も午前中だけで帰ったの。もちろん自主練だから、別にミオリンが悪い要素はまったくないんだけど」

……やっぱり美織の話になるのか。

日曜日は分からないが、土曜日は俺たちと遊んでいたからだろう。

まあ美織は、部活だけに全力ってタイプにも見えないし、まだ一年生だ。
二、三年生とは練習に対する熱量に差がつくのも仕方がない。
そう考えた俺に、詩が言う。

「この前から、ミオリンはスタメンなんだよね」

「えっ、マジで？」

思わず前のめりになって問い返してしまった。

入学したての一年生が、もうスタメンに抜擢されたのか。

もちろん美織が上手いのは知っていたが……もしかして、一周目も一年生の時からスタメンだったか？　そういえばそうだった気もする。完全に忘れていたけど。

「うん。それで、スタメンに選ばれたのに、あんまりやる気なさそうだから、先輩たちもちょっと怒っちゃって。それに、ミオリンも結構気が強いから……ね？」

「あぁ……何となく想像はつくな」

先輩に嫌味(いやみ)を言われ、笑顔のまま強気に言い返している美織の姿が。

基本的に、売られた喧嘩は買うタイプだ。おそらく言い合いになったのだろう。

その結果が、土曜日に若村(わかむら)たちと遭遇した時の、あの雰囲気(ふんいき)か。

明らかに若村たちも美織に冷たかったが、美織の態度も後輩(こうはい)のものじゃなかった。

部活中ずっとあの雰囲気だとすれば、詩が疲弊(ひへい)するのは当然だろう。

ぽつぽつと、詩はとりとめもなく言葉を零(こぼ)していく。

「どうしたらいいのか、分からなくて……あたし、ミオリンと一番仲良いから、どうにかしたいんだけど、先輩たちも意地になってて……あたしには何もできなくて」

「……そうか」

立ち位置的に、詩は板挟(いたばさ)みになっているのか。

「……だから、ちょっと疲れちゃったな。人の悪口、好きじゃないから」

詩は窓の方を見ながら、そう呟いた。

……誰とでも仲が良い詩だ。

詩が人の悪口を言うところなんて見たことがない。

そんな詩が仲の良い友達の悪口を聞かされたら、対応に困るのも当然だと思う。

詩はその場限りでも、悪口に加担するタイプじゃない。
しかし相手は先輩だ。否定するのも角が立つ。
そもそも詩は正直、あまり人の言葉を強く否定できる性格でもない。
結局は曖昧に笑ったりとか、適当に誤魔化す感じで対応するしかないのだと思う。
そんなどうしようもない環境が、詩をここまで弱らせた。
「……ごめんね、こんなこと話して」
詩はちょっと困ったように謝ってきた。
なんで謝るんだ。詩が謝るようなことは一つもない。俺は首を横に振る。
「困ったことがあったら、話ぐらいは聞かせてくれよ。何か役に立つかもしれない」
解決するとか、そんなことは言えない。俺は当事者じゃないから。
他人の俺が無理に首を突っ込んだって、ろくなことにならないと思う。
だけど、話を聞くことはできる。
そんな思いを込めて伝えると、詩は「ありがとね」と笑った。
「あたしも頑張るから。ミオリンと先輩たちが、仲直りできるように」
むん、と胸の前で握り拳を作って、詩は元気な素振りをした。
心配している俺を安心させるかのように。

「……詩、あんまり無理するなよ」

そう伝えると、詩は一瞬泣きそうな顔になってから、ぶんぶんと首を縦に振る。

それから普段通りの笑みを形作って、

「大丈夫！　雰囲気を良くすることは、あたしの得意分野だよ！」

表面上は元気よく、佐倉詩は断言した。

＊

俺は当事者じゃない。

だから、自分の手で解決はできない。

そう分かってはいる。でも、どうにかならないかとも思ってしまう。

仲の良い友達二人が、暗い顔をしているのは嫌だった。

放課後。今日はバイトがない。みんなが教室から消えても、俺は自分の席でぼうっと窓の外を眺めていた。まだ雨は止まない。水溜まりの数が増え、その面積を広げている。

……ここで悩んでいても仕方がない。とりあえず様子を見てみるか。

そう判断して、体育館に向かうことにした。

いくら何でも無関係の帰宅部が一階から見学したら目立つので、体育館の二階にある壁を囲うような形状の通路（キャットウォークってやつだろうか）に昇る。

ここからなら、あまり目立たないだろう。わざわざ上を見る人も少ないし。

うちの体育館は三面あって交代制だが、今日は男バス、女バス、バド部が使っているようだった。どこの部も大会が近いせいか、声出しに気合が入っている。

女バスは今、五対五の実戦練習中のようだ。

探すまでもなく、美織はコート内に見つかった。他の選手とは存在感が違う。

美織は一瞬の隙を突いて対面の選手のボールを奪い、そのまま速攻でゴールを決める。

うわ、足がマジで速いな。あの加速、女子とは思えない。

……しかし、美織がシュートを決めても「ナイス」の一言も聞こえてこない。

そういうものかと思えば、他の選手がシュートを決めた時にはちゃんと聞こえてくる。

何というか、陰湿なやり方だ。思わず顔が歪んでしまう。

椅子に座って練習を眺めているコーチは、それを見ても何も言わない。

俺でも分かる雰囲気の違和感に、まさか気づいていないわけじゃないだろう。

何か考えでもあるのか、あまり口を出すタイプじゃないのか。

一方、詩は暗い顔でベンチに座っていた。

五対五の時、ほとんどの一年生はベンチで観戦するか、審判をしているみたいだ。

例外は美織だけ。その理由は、もちろん特別上手いからだろう。

上から見ているとよく分かる。美織は明らかにエース級だった。二、三年生に見劣りしないどころか勝っている。一年生にしてスタメンに抜擢されるだけの実力はある。

……羨ましいぐらいに、才能の塊だった。

美織は手を叩いてパスを要求する。

コーチが見ているからか、美織にパスを回さないなんてことは流石にないようだ。

パスをもらった美織が鋭いドライブで切り込んでいく。

途端に二人がカバーに入ったが、美織は強引に踏み込んでレイアップを決めた。

相当なプレイだが、美織はしれっとした表情で鼻を鳴らす。まるで可愛げがない。先輩に嫌われるのも分かる。美織にかわされた若村は悔しそうに顔を歪めていた。

……こいつは解決が難しそうだ。こんな生意気な後輩にスタメンを取られた嫉妬もあるのだろう。まあ自主練の不参加を責めるのはお門違いだとは思うけども。

しばらく眺めていると練習が終わった。コーチは帰ったが、詩も含めてまだ多くの選手が自主練を続けている。だが、美織の姿はもうコート内から消えていた。

「あなた、何してるのかな？」

「どうわっ⁉」

びっくりしすぎて変な声が出てしまった。

振り返ると、いつの間にか美織が俺の隣まで来ている。

「お、驚かせるなよ」

「驚いたのはこっちだよ。不審者がいるんだもの」

まあ目立たないようにしていたとはいえ、ずっと見学していたらバレるか。

「誰が不審者だ誰が」

「……無関係の女子の部活をずっと眺めてる人が不審者じゃないの？」

「本当にすみませんでした」

冷静に考えると部活中の女子をずっと眺めている俺、キモくない？

今更その事実に気づいたので慌てて頭を下げると、美織はため息をついた。

「……詩に何か頼まれたの？」

「いや、何も。俺はただ様子が気になっただけだ」

事実を答えると、美織は「そう」と呟いて、背を向けた。

「何でもいいけど、警察に通報されないようにね」

そこに関しては間違いなく美織の言う通りだった。

「……美織」

「あなたには、関係ないでしょ」

ぴしゃり、と。俺の問いが遮られる。

言葉を続けられるような雰囲気じゃなかった。

「……相変わらずだな」

自分は人の問題に首を突っ込むくせに、その逆は認めない。

昔から美織にはそういうところがあった。ガキ大将になるのも当然だろう。

……さて、これ以上ここにいても仕方がない。

こそこそと二階から体育館の外に出ると、またもや声をかけられる。

「あ、やっぱりいた。さっきちらっと見えたんだよね」

「どぅわぁっ⁉」

「で、でっかい声出さないでよ急に。あたしがびっくりするじゃん」

タオルで汗を拭きながら近づいてきた詩が、驚いて身をすくませている。

「ご、ごめん……通報はやめてくれないか？」

「あはは、何言ってるの？　そんなことしないよ」

詩の優しい言葉にほっと一息つく。

美織に不審者扱いされたので過敏になっていたらしい。

「……ナツは優しいんだね」

「何だよ、急に」

そう問い返しても詩は答えず、自販機の方に向かう。

スポドリを何本か購入した詩は、そのうちの一本を一気に飲んでいく。

「ぷはっ、生き返るー」

「豪快な飲みっぷりだな。それ全部飲むのか？」

「そんなわけないじゃん。先輩たちに頼まれたんだよ」

そりゃそうだ。詩はからかった俺を軽く睨むと、近くの長椅子に腰かける。

「ちょっと休憩」

「まだ自主練が続くなんて、気合入ってるな」

時計を見ると、もう七時半を過ぎている。他の部活は帰宅準備を始めている。

「みんな、やる気があるんだろうね」

詩はそう答えてから、ぽんぽんと隣を叩く。

……座れ、ということか。

大人しく隣に座ると、詩はぽつりと問いかけてきた。

「……どう思ったの？」

「どうって、何に対して」

「練習、見てたんでしょ？」

「まあ陰湿なやり方だとは思ったな」

見ていた感じ、美織を嫌っているのは若村を中心とした二、三年生だ。

呆れたような顔をしていた人もいるから、全員というわけじゃないだろうが。

一年生は、詩と同じくどうすればいいか困っているように見える。

「うん……そうだよね。どうして、こうなっちゃったんだろう？」

「この雰囲気は、美織がスタメンに選ばれてからか？」

「だいたい、そうかな。そのちょっと後に、自主練に参加しないで帰ろうとする美織と若村先輩が口論になって、それからずっとこんな感じで、ミオリンが孤立してる」

「今までは美織が自主練不参加でも何も言われなかったのか？」

「……うん。若村先輩たちが急に喧嘩腰でミオリンに文句を言い始めて、あたしも驚いたんだ。普段はすごい優しい人なのに……急にどうしたんだろうって」

……意外ではある。一年後に主将となる若村という二年生は、比較的冷静で周りが見えている性格だったように思う。少なくとも、理不尽に文句をつける印象はない。

「……やっぱり、嫉妬なのかな？」

詩はぽつりと呟いた。

「若村先輩は、ミオリンがいなかったらスタメンになれたはずだから」

スタメンを取られた嫉妬が、若村を変えたのだろうか？

どうだろう。

何か違和感がある。

今日の見学中もそうは思えなかった。

声の掛け合いこそなかったが、若村は積極的に美織にパスを出していた。

「……仮にそれが原因なら、悪いのは先輩たちだ」

美織の態度が悪くなるのも当然だろう。

理不尽な仕打ちを大人しく受けるような性格じゃない。

「うん……あたしも、そう思う。これじゃミオリンが可哀想だよ」

詩の暗い表情は治らない。

何とかならないのかな、と小声で呟いていた。

そこで、近づいてくる足音に気づいた。

制服に着替え直した美織だ。

リュックを背負い、エナメルバッグを持っている。帰るつもりなのだろう。
玄関は、俺たちが今いる自販機前の休憩スペースの先にある。
美織は歩いている途中で俺たちに気づいたのか、こっちを見る。
目が合う。
さっ、と目を逸らされた。
しかし、美織の足は止まっている。
雨の音が響く沈黙の後、やがて美織が口を開いた。
「……ごめん、詩には気を遣わせて」
「ううん、ミオリンこそ、大丈夫なの？」
「私はこの程度で傷つくような性格じゃないから。心配しないで」
美織はそう言ってから、俺たちに背を向けて去っていく。
……何とも思ってなそうな顔をしているが、多分強がっているだけだ。
だけど、その強がりに気づいているのが俺しかいない。
『大丈夫だよ。私は大丈夫だから、別に心配しなくていいよ』
脳裏を過るのは、まるで自分に言い聞かせるかのような美織の言葉だった。
……本当は美織が弱り切っていることに、誰も気づいていない。

詩ですら、美織を精神的に強いと思い込んでいる。あいつは演技が上手いから。

「実際、あいつは何で自主練に参加しないんだ？」

雨の中に消えていく美織の背中を見ながら、俺は詩に問いかけた。

「え？　練習終わったのにだらだらやってても時間の無駄でしょって。もちろん参加してる時もあるけどね。でも、最近は……雰囲気を気にしてるんだと思うけど」

「美織らしいけど、一年生の態度じゃないな」

「あはは、それはあたしも、そう思う。でも、ミオリンは上手いからね」

別に美織は間違ったことをしているわけじゃない。

ただ、間違ってはいないからと言って人に好かれるとは限らない。

空気を読めない奴は嫌われる。一周目の俺と同じように。

とはいえ美織は俺と違って、その辺りのバランス感覚は持っている。

だから少し不思議には感じている。こんな大事になっていること、そのものが。

あるいは、他にも何か原因があるのだろうか？

俺が考え込んでいると、詩がスポドリを抱えて立ち上がった。

「あたし、そろそろ戻るよ」

「……ああ。悪いな、自主練中に」

「ううん。あたしから話したから。——また明日ね」

詩はそう言って俺に背を向ける。

たったっ、と走って、体育館に戻る詩の背中を見ていると、

「——くだらねえな」

野太い声音（こわね）が急に後ろから聞こえてきた。

「竜也……」

いつから聞いていたのか、近寄ってきた竜也が外を指差す。

帰りながら話そうと言っているのか。

まあ、俺もそろそろ帰ろうとは思っていた。

「自転車じゃないのか？」

「雨の日は駅からバスなんだよ」

外に出ると、雨は一時的に止んでいた。

とはいえ、いつまた降りだしてもおかしくない。

大きな水溜まりがあちこちに残っているので歩きにくいな。

足元の水溜まりを大股（おおまた）でまたいでいると、隣を歩く竜也が口を開いた。

「別に盗（ぬす）み聞きしたかったわけじゃねえが、こっちもちょうど練習終わりでな」

「どこから聞いてたんだ？」

「スタメンに選ばれたから嫉妬がどうこうとか言ってるあたりだ。……ま、聞かなくてもだいたい何を話してるかなんて想像はつく。こっちは毎日隣で見てるからな」

そりゃそうか。俺なんかより竜也の方が詳しいに決まっている。

「くだらねえよ、マジで。どうでもいいことで無関係の詩を傷つけやがって」

吐き捨てるように竜也は言った。

……これは相当怒ってるな。

「若村だったか。あいつをぶん殴ればいいのか？」

「いくら何でも解決策が野蛮すぎるだろ。停学になるぞ？」

「……冗談だ」

声音が冗談に聞こえないんだよなぁ。

竜也はため息をついて、暗くなった空を仰いだ。

「分かってるさ。俺が何かしようとしたって、ろくなことにならねえのは」

竜也なりにいろいろ悩んだのだろうと伝わってくる台詞だった。

そして、さっきの俺と同じ結論でもある。

「俺なんかに思いつくのは力業だけだ。女同士の感情論なんて理解できないもんには口も挟めねえからな……お前みたいに、詩を元気づけることすらできやしねえ」

「……元気づけるなんて、俺にはできてないよ」

「いや、俺には分かる。お前がいるから、詩はまだ泣いてないんだ」

確信しているような口調だった。

竜也と詩は中学時代からの付き合いだ。

俺には分からないものも、竜也には分かるのだろう。

「……ただまぁ、一つだけ思うことはある」

竜也は思い出したように言った。

「本宮は確かに上手いが、プレイが個人技に頼りすぎてる。別に周りが見えねえタイプでもないだろうに……あれじゃ、先輩が信頼されてねえと感じるのは当然だろ」

それは、俺も感じた美織のプレイの印象だった。

*

「ただいまー」

家に帰り、自室のベッドに身を投げる。

制服を脱ぐのも面倒な気分だ。そのままなんとなしに天井を見上げる。

――おそらくは一周目も同じ事態が起きていたのだろう。

一周目の俺は高校時代、美織とはほとんど話さず、詩とも友達になれなかった。

だから何も情報がない。当時は俺も竜也と同じく男バスで、美織たちの隣のコートにいたとはいえ、無関係の女子バスケ部のトラブルなんて知りようがない。

……どうやら人生二週目だからと言って、未来知識でスマートに解決なんて真似は俺にはできないらしい。結局は、今の俺にできることを頑張るしかないのだろう。

ただ、一つだけ覚えているのは、三年生の頃の美織のプレイだ。

県大会準決勝。たまたま俺たちと日程が被って、観客席から応援していた。正直あまり興味はなかったが、それでも美織のプレイだけは印象に残っている。

「ああ、そうか……何か違和感があると思ったら」

ずっと感じていた違和感がようやく明確になっていく。

本宮美織は、むしろ周りを活かすのが上手いプレイヤーだったはずだ。

今のように個人技頼りのプレイヤーじゃなかった。

一年生から三年生になる過程でプレイスタイルが変化したのか？

……いや、美織の王様気質は昔からだ。美織が個人技に頼っているなんて、その時点で違和感がある。性格的に考えても、周りを使うのが上手いタイプのはずだろう。

だとしたら、美織がパスを出さなくなった原因がどこかに存在する。

「……あいつに聞いても、答えてはくれないだろうな」

だったら、情報を集めるしかないか。

そんなことを考えたタイミングで、枕元に放り投げていたスマホが音を鳴らした。

画面を見ると、『佐倉詩』と表示されている。

……詩が俺に電話をかけてくるなんて珍しいな。

応答すると、画面の向こうからガサゴソと物音が聞こえてくる。

「……詩？」

声をかけると、詩の声がちょっと遠くから聞こえてくる。

『ちょっと待ってて！　イヤホンつける』

言われた通りに待っていると、詩の声がさっきよりクリアに聞こえてきた。

『ごめんごめん。まだ……寝てなかったよね？』

「いや、まだ風呂も入ってないよ」

『よかった。起こしちゃったらどうしようと思って、迷ってたんだ』

「流石に、まだ寝る時間じゃないでしょ」

時計を見る。まだ夜十時を過ぎたぐらいだ。寝るには早い。

『えーっ、あたしは十時過ぎたら寝てること多いよ？』

「詩は部活あるし、疲れてるんだろ？　俺は帰宅部だからさ」

『まあ、そうだけど……でも、ナツもバイトしてるじゃん？　疲れないの？』

「平日のバイトはだいたい十時まであるから、疲れていても十時には寝れないなぁ」

『え、そうなんだ。たっぷり寝ないと元気が出なくない？』

「まあ七時間寝れば十分だろ。だいたい十二時に寝て七時に起きてる」

ごくごく一般的な生活リズムだと思うが、詩は『えーっ!?』と驚いている。

『九時間は必要だよ！　だって授業中寝ちゃうもん！』

「どうだろ。詩はどっちにしろ授業中寝てるんじゃないか？」

適当にからかうと、一瞬の沈黙の後に『確かに……』という言葉が聞こえてくる。

いや、本当にそうなのかよ。赤ちゃん並によく寝るな。

「まあ寝る子は育つって言うし、詩には大切だろ」

『……ナツ？　どういう意味かな？』

むすっとしたような感じの声音だった。

『……あたしだって、最近はちょっとずつ大きくなってるんだから』

「そうなのか？　そいつは良かったな」

『あ、なんか子供扱いしてる……ふん、すぐにナツの身長も抜かすからね？』

「どんだけ伸びるつもりなんだよ。モデルにでもなるつもりか？」

　これでも一七八センチだぞ。

　女子で俺ぐらい背が高い奴なんてそうはいない。

　クラスの女子では背の高い七瀬ですら、おそらく一六五センチ程度だ。

『モデルかぁ。それも良いね！　楽しみだなぁ』

「おいおい、どんだけ自分の成長期に期待してるんだ？」

　クラスでも小さい詩は、おそらく一五〇センチ前後だろう。

　俺ぐらいになるには、約三〇センチ成長する必要がある。もはや別人だろそれ。

『あはは、冗談だけど……羨ましいなぁ、ナツの身長』

　……まあバスケをやっている詩には、切実な問題だろうな。

　高さが大事なバスケにおいて、身長は明確なアドバンテージだ。それがないに等しい詩は必然的にポジションも限定され、常に不利な戦いを強いられることになる。

『ちょっとだけでいいから、あたしにくれない？』

「いいけど、一センチ一万円な」

『絶妙に買えそうな値段だ！　あたしが大人だったら爆買いだよ！』
あはは、と電話越しに詩の笑い声が聞こえてきた。
衣擦れにも似た音が響く。おそらくは毛布を掛け直す音だろう。
多分、いつでも寝られるような体勢で電話をかけてきたのだと思う。
『ふわぁ……ちょっと眠くなってきたぁ』
詩はあくびをする。
心なしか声も普段より緩くなってきた。
なんか新鮮で可愛いな。
今、女子と通話してるんだな、という実感が今更ながら湧いてくる。
……ハッ⁉　これが巷で言われる寝落ちもちもちとかいうやつか⁉
……あれ、古いかな？　いや、この時代だとむしろ新しいか。だから何だよ。
いやいや、自分に突っ込んでいる場合じゃない。会話をしないと。
「もう寝るか？　切った方がいい？」
『駄目だよ。あたしが寝るまで繋げてて』
「いやいや、俺まだ風呂も入ってないんだけど……」
『じゃあ、もうちょっとだけ……ね、ビデオ通話にしてもいい？』

何気なく呟かれた爆弾発言だった。

「いい、けど……」

あまりの自然さに、思わず頷いてしまう。

……え？　待って、今からビデオ通話するの？　マジで？

慌てて散らかった髪を整えていると、スマホの画面が切り替わる。

そこには、パジャマ姿の詩が映っていた。

ドライヤーで乾かしたばかりなのか、髪がいつもよりふわふわしている気がする。

詩はうつ伏せの体勢で、両手で抱え込んでいる枕に顎を乗せて、画面を覗いている。

壁にスマホを立てかけているのだろう。

詩の顔が近い。まだ自分の顔も映してないのに、緊張する。

普段とは違う姿に、心臓がどきどきする。

こんなに近いと、詩の可愛らしい顔立ちがよく見える。見えてしまう。

『ナツ？　どしたの？　はーやーくー』

詩は足をばたばたさせて俺を急かす。

「わ、分かったよ……」

ビデオをつけると、画面の向こうの詩が笑った。

『あはは っ、ナツだ！』

「そりゃ、俺だよ。当たり前だろ？」

緊張しているせいか、対応が冷たくなったかもしれない。

『……もしかして、ナツ。緊張してる？』

完璧（かんぺき）に図星だった。

詩に見抜（みぬ）かれるほど俺は分かりやすいのか……。

しかし認めるのも癪（しゃく）だ。何とか誤魔化せないかと思って首を横に振（ふ）る。

「いやいや、してないぞ」

『ふうん。……あたしは、してるよ？』

画面の向こうの詩は、枕に半分ほど顔を埋（うず）めていた。

言ってから恥（は）ずかしくなったのか、詩はさっと目を逸らす。

『……こんな時間に男の子と通話するのなんて、初めてだから』

顔に熱が集まっていく感覚があった。

「……俺だって、こんな時間に女の子と通話するのは初めてだよ」

星宮と通話したことは一回だけあるが、あれはまだ八時ぐらいだった。

十時過ぎともなると、また違った感覚がある。それがビデオ通話なら、なおさらだ。

『……』

「……」

あ、うわ、なんか、やばい。今なんかすごい恥ずかしい。

めちゃくちゃに布団の上を転がりたいが、詩に見られているのでそれもできない。

いたたまれない空気が俺たちの間に横たわる。

『……そう、なんだ。へぇー、意外、でも、ないのかな？　ナツ、高校デビューなんだもんね。実はあんまり、女の子に慣れてなかったりする？』

「……うるさいな。悪いかよ」

『あはは、可愛い。ナツ、可愛いなー、ふふっ』

普段は俺が詩をからかうことの方が多いのに、今日は明らかに主導権を握られている。

……でも、詩が楽しそうでよかった。

そんな風に詩が笑っているところを見るのは久しぶりだった。

「だいたい、なんでいきなりビデオ通話なんだ？」

『……理由、言わなきゃ駄目？』

「もちろん」

なんだか言いたくなさそうな詩に、強制する。

さっきからからかわれている仕返しも兼ねているが、普通に理由は気になる。

詩から電話なんて今日が初めてだからな。普段からあまりＲＩＮＥを使うタイプじゃないから、チャットでやり取りすることもほとんどない。星宮や七瀬とはするけど。

『……えっと、ナツの、顔が見たかったから』

詩は、いつもより小さい声で言った。

……はぁ？

はぁ～？？？

うわ、くそ、この、ずるいぞ！

それは反則だ。

会心の一撃を喰らい、俺のＨＰはゼロになる。

お互いに、目を合わせていられなかった。

せっかくビデオ通話を繋いでいるのに顔を上げられない。

頬が真っ赤なのは分かっているからだ。

……ちら、と画面を見る。

耳まで赤くして俯いていた詩が、ちょうど俺と同じタイミングでこっちを見た。

再び目が合ってしまい、さっと目を逸らす。

「……」
『……』
あまりにいたたまれない沈黙が続く。
何とか絞り出したのは、ひどく平凡なツッコミだった。
「……お、俺の顔なんて、さっき見たばっかりだろ？」
『……そ、そうだよね。あはは、あたし、何言ってんだろ？』
詩は早口で誤魔化すように言ってから、
『冗談。うん、冗談だよ。だから、気にしないで』
……気にしないで、とはまた無理のあることを言ってくれる。
少しは自分の攻撃力を自覚してほしい。
『な、なんか暑いねー』
詩はそう言ってむくりと起き上がり、画面外に出る。
ピッ、という音の後にブゥーンって感じの音が聞こえ始めた。
扇風機を起動したのだろう。
画面内に戻ってきた詩の髪が、風に揺れている。
『ふぅー、気持ちいいなー』

それから詩が元の体勢に戻る直前、無防備な胸元が映った。

………なんか見えた気がするけど、見えなかったことにしよう。

そうか……寝る前だからブラつけてないのか……。

『本当は、元気をもらいたかったんだ』

邪なことを考えている俺に対して、詩は真面目な口調で語り始めた。

『顔が見たかったのも、ほんとだよ。ナツの顔を見ると、元気が出るんだ』

「……俺の顔ぐらいで詩の元気が出るなら、いくらでも見せるよ。減るもんじゃなし」

『あはは、ありがとね。ナツのおかげで、明日も学校に行けそうだよ』

……明日も学校に行けそう、か。

学校に行けないと思ってしまうぐらいに追い詰められているのか。

『――若村先輩に、怒られちゃった』

詩はぽつりと呟く。

おそらく、俺が帰った後の出来事だろう。

『どうして、そんなにミオリンにきつく当たるんですかって。ちゃんと話し合った方がいいと思いますって伝えたら、あんたも一年のくせに生意気だって、言われちゃった』

てへへ、と詩は力なく笑う。

……美織を庇っている詩の立場は、どんどん窮屈になっているのだろう。

それから詩は、ぽつぽつと俺にまとまりのない感情を話してきた。

……結局、部内の立場は一年生の美織よりも二年生の若村たちの方が強い。最初は中立に見ていた周りの連中も、徐々に若村たちの味方につき、美織は孤立していく。

詩はそれが嫌だったから勇気を出した。

しかし、結果は芳しくなかった。

『さっき、ナツの前にミオリンに電話したんだけどね』

詩は寂し気な表情だった。

『──私の味方はしなくていい。詩はみんなと一緒にいなさいって、そう言ってて』

美織が言いそうな台詞だ。

詩を巻き込みたくないのだろう。

『多分、あたしを心配してるんだろうけど……悲しいなって。ミオリンは、あたしのことを頼ってはくれないんだなって。あたしは、ミオリンの友達なのに』

自分の無力さを悔やむような言葉だった。

「……なぁ詩。ちょっと美織について教えてくれないか？」

そう尋ねると、詩は目を瞬かせる。

『……いいけど、幼馴染のナツの方が、ミオリンのことは詳しいんじゃないの？』

「バスケの話だ。あいつは前から今みたいなプレイスタイルだったわけじゃないよな？」

『え？　う、うん……今はちょっとワンマンプレイすぎるよね』

「だよな……じゃあ、あいつがパスを出さなくなったきっかけとか、分かるか？」

問いかけると、詩は『うーん……』と頬杖をついて考え込む。

『言われてみると、確かに……二週間ぐらい前から、露骨に。まあひとりでも決めちゃうから、見てる分には気にならなかったけど』

……二週間ぐらい前、か。

かなり直近だ。

あるいは若村たちと揉めた理由もそこにあるのか。

確かめてみないことには、何も分からない。

とはいえ、あくまで俺は部外者だ。俺が直接確かめるのは難しい。

『……何か考えがあるんだよね？』

詩は、これまでとは違う強い口調で尋ねてきた。

『あたしも協力するよ。ナツの考え、教えてくれない？』

「考えってほど大したものじゃないけどな……」

『それでもいいよ。とにかく何もできないのは、嫌なんだ』

「……分かった」

この件で俺が何かをするには詩の協力が必要だ。

若村たちの真意と、美織が抱える理由。

何となく推測はできるが、行動には確信がいる。

腐(くさ)れ縁(えん)の幼馴染を助けるために、詩の力を借りることにした。

＊

来週末に女子バスケ部の練習試合があるらしい。

相手は県内ベスト８の強豪(きょうごう)、空暮(からくれ)高校。インターハイ予選前の最後の調整であり、スタメンもここで確定させるという話になっているようだ。

「あたしは、ベンチにも入れそうにないけどね。まだ下手だから仕方ないけど」

「そこは三年生が抜けてからの勝負だな」

「うん、頑張(がんば)るよ」

昼休み。

昼食を食べてから、詩と二人で話している。

場所は廊下だった。いかにも自然な感じで廊下に背を預けて雑談しているが、俺たちには狙いがあった。

おいおい、あんまり露骨すぎるとバレるぞ。まだかまだかと、詩はちらちらと周りを見ている。

「あ、来たよ」

詩が小声でささやく。

俺はあえてそちらを見なかった。

「あ、詩じゃん。やっほー」

通りがかったのは女バスの二年生、若村たちだった。

もちろん偶然じゃない。食堂にいる若村たちを見かけて、食堂から二年生の教室に続く廊下で待ち伏せしていたのだ。いかにも詩と雑談している風を装って。

「こんにちはっ！」

詩は一瞬だけ表情が固くなるが、すぐに笑顔を取り繕って挨拶する。

「昨日はごめんね。きついこと言っちゃって」

若村は軽いノリで詩に謝った。

あんまり真剣に謝っているようには見えない。

「い、いえ……」

と、詩は複雑そうな顔で首を横に振る。

「ところで」

若村は俺を指差して詩に尋ねた。人を指差すな。

「あんたの彼氏（かれし）？」

「なっ」

詩の頬がみるみるうちに赤くなっていく。

「ち、違（ちが）いますよ！」

詩は腕（うで）をわたわたさせながら答えた。

若村たちは顔を見合わせて、口々に言う。

「いや、最近よく一緒にいるのを見かけるから……ねぇ？」

「確かに、部活後も一緒だったわね」

「何ならこの人、部活中うちらのこと二階から見てなかった？」

最後のやつは忘れてくれませんか？

「じゃあ、どういう関係なの？」

若村はきょとんとした顔で尋ねてくる。

「どう……って、言われても、友達です。友達だよね？」

詩が恥ずかしそうな顔で俺を見上げる。

「あ、ああ、そうですよ？」

その角度、破壊力がありすぎるので正直やめてほしいな。

「ふぅーん？」

若村たちは顔を見合わせてニヤついている。

「何ですか！　もう！」

あまりに詩が露骨な反応をするので俺も自分の頬が熱くなるのを感じる。

この態度じゃ俺たちの間に何かあるって言ってるようなものだろ。

「ま、詩のことよろしくね？」

そう頼まれると、否定もできないのでとりあえず頷いておく。

「何で頷くの⁉」

ちょっと嬉しそうな顔で詩が言う。ちょっと嬉しそうにするな！　可愛いだろ！

「いや、だって……友達として頼まれたんだろ？」

「それなら、いいけど……」

無難に答えると、詩はジト目のまま頬を膨らませる。

いや、なんでちょっと不満そうなの？

そんな俺たちのやり取りを見ていた若村が、ふと俺をじろじろ眺めてきた。

な、何だ？　と思ったら、若村は思い出したように言う。

「――あんた、もしかして土曜日の……」

そこに気づいてくれたか。

期せずして、話が俺の思う通りに進みそうだ。

待ち伏せしておきながら、おちょくられて終わるところだったぜ……。

「――そういえば、会いましたね」

俺が答えると、若村は気まずそうに顔を背ける。

「ごめんね、あの時は。感じ悪かったでしょ？」

そう素直に謝られると、俺としても対応に困るな。

「いえ、別に……」

思わず誤魔化しかけたが、それじゃ何も変わらない。

だから、思い切って尋ねてみることにした。

このタイミングなら、それほど不自然にも映らないだろう。

「――美織と、何かあったんですか？」

一気に空気が冷えていく感覚があった。

若村たちは押し黙り、詩が緊張した面持ちで俺を見ている。

そんな中で口を開いたのは、若村の隣にいる目つきのきつい女子だった。

「里香の彼氏にちょっかいかけたのよ、あいつ」

「ちょっと、茉奈」

「うちらが理不尽にいじめてるみたいに思われても嫌でしょ」

話の流れ的に、里香というのは若村の下の名前か。

初めて聞いた話だな。

隣の詩を見るが、首を横に振っている。

「ちょっかいってのは？」

「言葉の通りよ。人の彼氏と遊んでたの」

……美織がそんな真似をするのか？

口で言うほど男慣れしているわけじゃないと思う。

そもそも今は怜太狙いであって、他の男に手を出した素振りはない。

黙り込む俺と詩に、茉奈と呼ばれた女はつらつらと語る。

「それ以外にも、いろいろあるけどね。スタメンに選ばれたくせに自主練にまったく参加しないとか、態度が生意気だとか……とにかく、うちらはあいつが嫌い。だから、できるだけ関わらないようにしてる。それだけ」

「……そうなんですか？」

若村に問い直す。若村は俺の視線を受けて、さっと目を逸らした。

「……別に、茉奈の言葉は間違ってないわ」

それから、気の進まなそうな顔で言葉を続ける。

「ただ、それ以上に、私があいつにムカついてるのは……あいつに」

続く言葉が分かった気がした。

だから、あえて被せるように俺は言う。

当たっていたら、会話の主導権を握れるから。

「――チームプレイをする気がないって？」

若村は驚いたように俺を見た。図星だったようだ。

「どうして？」

「美織のプレイを見たら、そう思うのは分かりますよ」

独りよがりなプレイスタイルだ。

俺も竜也も、見ているだけでそう思った。

一緒に戦うチームメンバーはより一層強く感じているだろう。

——ああ、こいつはひとりでバスケをしているんだな、と。

「……まあ、あんたの言う通りよ」

若村は渋々といった感じで語り始める。

「美織、めちゃくちゃ上手いのに、視野はむしろ広いはずなのに、なんか最近、全然パス出さないし、セット組んでるような場面でも勝手に判断するし……私は、それが嫌で……あいつがいると、みんなの強みが活かされない」

若村の隣にいる女子二人が、ちょっと意外そうにしている。

多分、普段からあまり自分の気持ちを語らないタイプなのだろう。

「何度言っても改善してくれないし、連携見直したいから自主練に誘っても参加してくれないし……私より上手いくせに、本気でやろうとすれば絶対できるくせに、やろうともしない。私たちを見下してるんだろうね。それで、苛々してたんだ」

若村は悔しそうな表情で続ける。

「そんな時に、美織が彼氏と一緒にいるところを見かけたから問い詰めたら、美織、何が悪いのかって言ってきたんだ。だから、ほんとありえないって思って」

若村の語りに、隣の女子二人がうんうんと頷く。

うーん、それはお前の彼氏も悪いんじゃないかな……。

「みんなには悪いと思ってる。詩にも。……こんな雰囲気にしちゃって」

若村は詩に謝ってから、女子二人を連れて去っていった。

「ナツ……」

詩が不安そうな顔で俺を見る。

「難しい問題だな」

……別に、若村も悪い人じゃないのだろう。

誰かが悪者で、それをやっつければいいだけなら話は簡単だ。

だけど、現実に起こる問題は大抵そうじゃない。みんなが少しずつ悪かったり、いろんな理由があったり、たまたま行き違いがあったり、原因が複雑に絡み合っている。

だから物語のように、一つの手がかりから綺麗に解決なんて真似はできない。

「だけど俺も、できる限りのことはするよ」

――物語のヒーローじゃない俺にできるのは、複雑に絡み合った糸を一つずつ丁寧に解いていくことだけだ。せめて少しでも、お互いに誤解がなくなるように。

「若村の考えは分かった。次は美織だな」

＊

その翌日の昼休み。

隣の教室を覗くと、ちょっとだけざわついた。

「灰原くん、どうかしたの？」

入り口付近にいた女子が声をかけてくる。

顔は見たことあるものの、名前は知らないな。でも向こうは俺の名前を知っている。

最近はそれが結構多くてちょっと気まずい。

さておき、

「ちょっと美織を呼んでくれるか？」

「おっけー！」

名も知らぬ女子はクラスの中心付近にいる美織のもとへ向かう。

クラスの女子グループの中心で笑みを浮かべていた美織は、そこでようやく俺の存在に気付いたのか、こっちを見て露骨に面倒臭そうな表情を浮かべる。

なぜか美織の周りの女子のテンションが高い。

何を話しているのかまでは聞こえないが、美織は「だからそんなんじゃないって。ただの腐れ縁」みたいなことを答えながら近づいてきた。はぁ、とため息をつく。

「何の用？」

「ここじゃ目立つな。場所を変えよう」

「……まあ、そうね。あんたと噂(うわさ)されるのも嫌だし」

「どういう意味だ？」

首をひねると、頬をつねられた。いや痛いんですけど？

俺の抗議(こうぎ)の目線に、美織はため息をつく。

「自分の影響力(えいきょうりょく)に無自覚な奴ってこんなに腹立つんだね……」

「そこまで無自覚なつもりはないんだけどな……」

竜也の一件もあったし、周りが俺を過大評価している節があるのは分かっている。

まあこちらは人生二周目なので多少はね？

「はぁ……いいけど、別に。ていうか、ネクタイ曲がってるから」

美織は三度目のため息をついて、呆(あき)れたような顔で俺のネクタイに手を伸ばしてきた。

「じっとしてて」

有無(うむ)を言わさぬ口調だ。

勝手に俺のネクタイを修正する美織。

こういう時の美織に逆らってもろくなことがないので、素直にじっとしておく。

こんなに近いと、身長差がよく分かるな。

子供の頃はむしろ美織の方が背が高かったのに。

などと考えていた俺の耳に、女子の甲高い声が聞こえてくる。

そちらに目をやると、さっきまで美織が喋っていたグループの女子たちが、目をキラキラさせながら俺たちを見ていた。みんなして口元に手を当てている。

「……あ」

しまったって感じの顔をした美織に腕を引っ張られる。

教室の入り口付近から連れ出され、ある程度廊下を歩いたところで解放された。

「もう、あなたがいると調子が狂うな」

最近の美織は機嫌が悪そうだ。またもやため息をつく。四度目だぞ？　みんなといる時は笑顔を維持しているようだが、俺と二人の時は露骨にぶすくれた顔をしている。

「それで？　どこまで行くの？」

「体育館」

「はぁ？　なんでわざわざ。話をするだけならこの辺でいいじゃん」

確かに、教室前を離れたので、廊下とはいえ人通りは少ない。

話をするだけなら十分だとは思う。

ただ、俺は話をするだけですませるつもりはない。だから体育館へ向かっている。

どうせ美織は、普通に聞いたって素直に話してはくれないだろう。

「いいから、来い」

「……あなたにしてはずいぶん強引だね？」

「まあな。ちょっとお前に教えてやろうかと思って」

「あなたが、私に？　何を？」

「――バスケだよ」

「はぁ？」

美織は顔をしかめる。

こいつは何を言っているんだと、顔に描いてある。

まあ美織の立場なら、俺もそう思う。

それでも渋々といった調子で、美織はついてきてくれた。

二人並んで体育館への道を歩く。

体育館に到着すると、俺は上履きを脱いで靴下で中に入る。昼休みの体育館は自由解放だが、教室棟から遠いのでいつも人は少ない。今日もひとりだけだった。

そのひとりも、俺が呼んだからここにいる。

「あ、来た！　ナツの体育館シューズ、ちゃんと持ってきたよ！」

「ありがとな、詩」

詩から体育館シューズが入った袋を受け取る。

本当はバッシュがいいんだけど、バスケ部に入ってないから買ってないんだよな。

「ミオリンのバッシュも部室から取ってきたよ！」

「あ、ありがと……ていうか、なんで詩がここにいるの？」

「あたしも分かんない！　ナツに呼ばれたから」

美織の怪訝そうな視線が俺に向く。

「詩にはちょっと審判をしてもらおうと思ってな」

体育館シューズを履き終えると、倉庫の扉を開ける。

バスケットボールが詰められた籠から適当なボールを取り出す。

そのボールを投げ渡して、美織の前に立った。

「一対一だ」

「……正気？　あなた、バスケなんてやったことないでしょ？」

美織は乗り気じゃない。困ったような顔をしている。

俺が何をしたいのか分からないのだから、その態度も当然だろう。

「ミオリン、心配しなくていいよ！　ナツは上手いから！」

「スポーチャの時の話なら聞いたけど、上手いって言っても、素人にしてはでしょ？」

美織は幼馴染だ。中学までの俺がバスケをやったことがないのは知っている。

だから、詩から話を聞いても半信半疑なのだろう。

ただ実際には、今の俺は人生二周目。美織の知らない力がある。

「違うよ！　ナツはほんとに上手いんだから！」

「はいはい、詩の言い分は分かったから……」

詩の言葉に肩をすくめる美織。

やる気がなさそうなので、煽ってみるか。

「――ま、俺には勝てませんって思うなら、逃げてもいいけどな？」

美織はムッとした表情になり、俺を睨みつけてくる。

「……ムカついた。ボコボコにするからね？」

美織の負けず嫌いな性格が、俺の目論見に味方してくれる。

「とはいえ、ただ一対一をやったって面白くないだろ？」

「……最初からそれが目的か。私が負けたら、何かをしろって？」

察しが良くて助かる。俺は頷いた。

「お前が勝ったら、俺はお前のものだ。お前の好きにしていい」

「いや、普通にいらないけど……」

ずっこけそうになった。

詩は詩で両手を口元に当てて、おそるおそる俺に問いかけてくる。

「お、お前のものって……ナツ、大胆だね……？」

「いや、そういう意味じゃないけど⁉ 単に、手下になってもいい的なね⁉」

「どっちにしろ、あなたなんかいらないけどさ」

「ぐふっっ⁉」

二段構えの言葉の刃を食らい、動けなくなる俺。

……な、なかなかやるな……だが、俺はまだ戦えるぞ！

「ただし、俺が勝ったら――」

「俺のものになれ――ってこと？ 強引だなぁ……」

美織はちょっと顔を赤らめながら、自分の体を両腕で抱く。

「いや違うわ！」

ええい、いちいちペースを乱されるな。

「俺が勝ったら——お前、今抱えてること全部話せ」

美織は驚いたように目を瞬かせる。

「俺を頼れって言ってんだ。ひとりで抱え込むなよ」

「……何で。あなたには、関係ないでしょ」

「そう言うと思ったから、わざわざ勝負って形にしてやってるんだよ」

——負ければ素直に話せるだろう？

暗にそう問いかけると、美織は俺を睨んでくる。

「分かった。まあ私が勝つから、あなたの目論見は無駄だけどね」

ふんと鼻を鳴らして、美織はボールをつき始める。

美織は今、意固地になっている。本人の性格的にも荒療治が一番だろう。

「じゃあ、行くよ？」

「来い」

俺と美織の一対一が始まる。

美織は俺を素人だと思っているが、実際には違う。ましてや男女差もある。

「──なっ」

美織のドライブを読み切って、伸ばした手がボールを叩いた。

とはいえ手にもかすったし、若干ファール気味か？　と思ったが、審判をお願いした詩を見ると「セーフ！」と両手を水平に伸ばしている。いや、それは野球だろ。

さておき、怪訝そうに眉をひそめている美織と攻守を交代する。

「まぐれ……よね？」

「まぐれかどうかは、これから分かるだろ」

ゆっくりと、ボールをつき始める。

ボールが手に吸い付いていく。美織の目つきが変わるのが分かった。

クロスオーバー。鋭く右に踏み込んでいくが、美織をかわしきれない。急停止してロールターン。今度は左に膨らんでいくが、これでも美織を振り切れなかった。

女子でこの脚力か。流石は一年生にしてスタメンを勝ち取っただけはある──が、まだ終わらない。そのまま強引にボールを抱えて踏み込み、勢いをつけて跳躍する。

俺のレイアップを止めるために美織も跳躍するが、俺はそこで、ボールを持って上に掲げていた手を引っ込めた。跳躍しながらゴールの真下を通り過ぎたあたりで、俺はもう一度ボールを上に掲げ、手首をひねるように回転を加えて放り上げる。

ゴールは背中側だが、見なくてもだいたいの位置は分かる。

「そんなっ……⁉」

――ダブルクラッチ。

体勢を崩した美織が床に尻餅をつくと同時、ボールがネットに吸い込まれた。

俺はつらっとした顔をしながら、こっそり冷や汗を流す。

あ、あぶねぇ……。

外してたらかっこつかないところだったぜ……。

というか、結構まぐれだ。まぐれかどうか、判明しちゃったな……。まぐれです。

さっきの決め顔を後悔しかけたが、どうやら美織にはバレていないらしい。

美織は尻餅をついたまま、茫然と俺を見ている。

「な、何で、そんな……」

「もう戦意喪失か？　まだ一本だろ？」

そう言って挑発すると、美織は頬を両手で叩いて立ち上がる。

「……高校デビューのために、バスケまで練習してたの？」

「まあ、そんなところだ」

そこを突っ込まれると上手い返答ができないので、適当に誤魔化す。

まあ美織からしても、それ以上の推測はできないだろう。

「……それでも私は、負けないから」

攻守交替。美織は真剣な表情になり、ボールを抱えて膝を落とす。

……これが本気の美織か。確かに上手い。

さっきも正直、あそこまで振り切れないとは思っていなかった。心のどこかで、女子だからって舐めていた気持ちを切り替える。竜也よりディフェンス上手いぞ。

「そういやルール決めてなかったな。三本先取でいいか？」

そう尋ねると、美織はこくりと頷いた。

*

「――ま、こんなところか」

三本先取で、結果は三対一で俺の勝ち。

正直、思っていたよりも強かった。一本で済んだのもギリギリって感じだ。

その美織は、膝に両手をついて荒く息を吐いている。

「はぁ、はぁ……」

「俺の勝ちだな。約束通り、俺を頼ってもらおうか！」

フハハ！　と高笑いする俺。

美織が相手だからか、テンションがおかしいな。

「……そんなに頼られたいんだ？　私に」

美織は息を整えると、詩に借りたタオルで汗を拭きながら尋ねてきた。

「別に頼られたいわけじゃない。でも頼れ、俺を」

「……言ってること、無茶苦茶だよ？」

「お前だって、俺の問題に勝手に首を突っ込んできただろうが」

俺が竜也の一件で落ち込んでいた頃、美織は俺を助けてくれた。


『どうかしたの？　学年一位の秀才さん？』


雨に打たれていた俺に、傘を差してくれたんだ。

だったら俺だって、お前が困っているのなら勝手に首を突っ込んでやる。

「あれは……だって、私はあなたの計画のパートナーだから」

「その理屈は、俺にだって通るよな？」

そう伝えると、美織は苦し紛れに首を横に振る。

「……私があなたに求めてるのは、怜太くんとのことに関する協力だけ。別に、普段から私が抱えている問題を手助けしてなんて、そんな契約はしてないからね。だから、私があなたに頼っていい理由なんて、どこにも――」

「――あるよ。だって俺たちは友達だろ？」

なぁ、美織。幼馴染の腐れ縁なんて言ってるけど、一周目の俺は、高校時代もずっとお前とは話せないままだった。本来なら、そんな関係性はもう俺にはなかったんだ。

俺とお前が友達だったのは、昔の話になってたんだ。

だから今は、取り戻したお前との関係性を大切にしたいと思っている。

「……友達……」

美織はぽつりと呟いた。

この言葉を否定されたら、俺にはどうしようもない。

というか傷つく。全力でへこむ。もう、学校サボって家に帰って不貞寝する。

果たして、美織は反論できずに押し黙った。

どうやら友達に戻れたと思っていたのは、俺だけじゃなかったらしい。

その事実に、安心する。

「話せよ、全部。困ってることがあるなら相談してくれよ」

本宮美織は世話焼きのくせに、自分は人を頼らない。

その性格を変えてやる。お前には俺がいるんだって教えてやる。

「……あなたを頼って、どうにかなる状況じゃない」

「でも、何かできるかもしれない。あの時、お前が俺を助けてくれたみたいに」

そこで俺たちの会話を黙って聞いていた詩が、俺の言葉に続く。

「あたしも、同じ気持ちだよ。ミオリンの力になりたい。頼られないのは、寂しいな」

三人だけの体育館に、沈黙が落ちる。

「……多分ね、私は怖がってるんだよ」

自嘲するような言葉だった。

「頼るっていうのは、弱みを見せるってことだから。私は人に弱みを見せたくない。自分が強い人間じゃないことは、よく分かってるから。せめて強く見えるように」

それから美織は顔を上げると、俺を見て弱々しく笑った。

『――だったら、本当のあなたをみんなに見せてあげようよ』

あの日。俺にそう言ったはずの美織が、俺と似た悩(なや)みを抱えている。

……いや、俺と似た悩みを抱えているから、俺に的確な答えをくれたのだろう。

なぜなら、美織自身も本当はそうしたいと思っているから。

だったら、今度は俺が美織を助ける番だ。あの日、美織が俺を助けてくれたように。

「――美織、俺の前では、強がらなくたっていいんだ」

言葉だけじゃ伝わらないと思った。

だけど、この気持ちだけは必ず伝えたかった。

だから俺は、前に足を踏み出す。美織のもとに近づいていく。

「夏希……？」

そのまま勇気を出して、美織の体を抱き留(と)める。

他の女子にこんなことはできないけど、幼馴染の美織になら。

美織は抵抗(ていこう)しなかった。おそるおそるといった感じで、俺の体に腕を回してくる。

「……うわ、童貞(どうてい)くんのくせに、頑張ったね」

「だから、強がるなって」

美織の後頭部を軽くはたくと、「……ごめん」と情けない声が聞こえてきた。

「……ね、夏希」

「何だ？」

「私ね、今辛いんだ。自業自得かもしれないけど、苦しいんだ」

「……ああ」

「……あなたを頼っても、いいのかな？」

「もちろんだ」

震えた声音で呟かれたその言葉に、俺は強く抱き締めながら返事をした。

＊

……さて、ここでひとつの問題がある。

これ、いつ抱き締めるのやめたらいいんですかね？

世の男たちならどう判断するのだろう。

人生二周目のくせに、女の子を抱き締めるのはこれが初めてだった。

だから経験は役立たない。というか、あまりにも自分の感情に身を任せてしまったので今こうなっていることに俺自身が困惑している。

……いや何してんの？　俺。

「……」

「……」

俺の腕の中で、美織が少し身じろぎする。

なんか美織も落ち着いたみたいだし、そろそろいいかなぁって気もするんだけど、急に離れるのもなんか俺が冷たいみたいに思われたら嫌だし、あと、なんか普通に柔らかくて女の子の体って感じがするし良い匂いもするので離したくないという気持ちもないとは言えないけどいやいやいや何考えてんだ俺こいつは美織だぞ落ち着け。ほんとに落ち着け？

美織が軽く鼻を啜る音が耳元で聞こえてきた。吐く息が首に触れる。

……ど、どうしよう？

うわ、普通に緊張する。

やばい心臓がどきどきしてきた。

そんな俺たちを詩がじっと見ている。心なしか、最初は温かく見守ってくれていたはずの詩の視線の温度が段々下がっているように感じる。ど、どうしてかな？

いや、その前にこれ、どういう状況？

なぜ俺は詩にガン見されながら美織を抱き締めているのか？

理由は何も分からないが、俺の行動による結果ということだけは間違いなかった。

「……そろそろ、離してもいいよ？　詩が怒(おこ)っちゃうから」

美織が俺の体を優(やさ)しく押す。きっかけを作ってくれて助かった。

「……別に、怒らないけど。ちょっと長くない？」

詩がじとーっとした目で見てくる。そう聞かれると対応に困るな。

「ちょっと長いかもなぁ……」

「詩、ごめんね。夏希は私のことが好きだから」

詩に向けて手を合わせる美織。こいつは何を勝手に断言しているんだ？

さっきまで涙(なみだ)混じりだったくせに、もうけろっとしている。

相変わらず可愛くない女だ。緊張して損した。いや別に緊張なんかしてないけど。

……まあ元気な演技ができる程度には、回復したということだろう。

詩は詩でなぜか俺を睨んでいる。

……いや、なんで俺？　そこは美織じゃない？

「あなたが頼れって言ったんだよ？　男に二言はないよね？」

「何だよ、その脅(おど)しみたいな聞き方は」

「脅しだよ。私が頼り始めたら、もう今更(いまさら)やっぱり駄目(だめ)とか無理だから」

「そんなこと言わないけどな……」

「絶対だよ？　……もう、私のこと見捨てないでね？」

それは、思わず零れ落ちたかのような言葉だった。

はっとして、美織の顔を見る。

それは、中学時代の話をしているのか。

俺が美織に身勝手な嫉妬をして、拒絶した時の話を。

……当時の卑屈だった俺は、常にひとりぼっちの陰キャだった俺は、みんなの中心で輝いている美織と一緒にいることが耐えられず、避けるようになったのだ。

『お前は、俺なんかとは一緒にいない方がいいよ』

俺にとっては、もう十年近く前の話。

「……これでも私、入学式の日、あなたに話しかけた時、緊張してたんだよ？」

だけど美織にとっては、まだ二、三年前の話だ。

「気づかれたくなかったから、昔みたいにって意識してたけど」

俺は美織を傷つけておきながら、その事実をほとんど忘れていた。

より正確には、俺ごときの言葉で美織が傷つくなんて思っていなかった。

だから美織がどんな思いで俺と話しているのかなんて、考えてすらいなかった。

「……ごめん」

「いいんだよ、別に。だって今こうして、話せてるから」

床を転がるボールを、美織はそっと拾いあげる。

「……頼ってもいいんだって、言ってくれたから」

美織は使い込まれたボールを眺めながら、ぽつぽつと語り始める。

それは、美織と若村たちの間に起きた事件の顛末だった。

＊

「スタメンに選ばれて、嬉しかったんだ。自分の実力が認められたと思って。実際、調子に乗ってたのも間違いないと思う。まだ一年なのに、私ってすごいなって」

美織はその位置からスリーポイントを打った。

綺麗な軌道を描いたボールはノータッチでネットへと吸い込まれていく。

「でも、二週間ぐらい前かな。部活が終わって帰ろうとして、でも忘れ物に気づいたから部室に戻ったんだ。その時、ドア開ける前に先輩たちの声が聞こえてきたんだよね」

『あいつ、なんか最近調子乗ってない？』

『スタメン選ばれたからってさー、まさか意見まで出してくるとは思わなかった』

『ちょっとみんな言い過ぎだって。……まあ、確かに生意気だなって時もあるけど』

『普段は良い子なんだけどねー』


ボールが床を跳(は)ねて、美織の足元に転がってくる。

「その時はまだ、悪口って言うほどのものじゃなかったかな。私を庇(かば)ってるような言葉もあったし、実際その頃の私は浮かれてたから……ただの、妥当(だとう)な意見だと思う」

詩は複雑そうな顔で黙って聞いていた。思い当たる節もあるのだろう。

「その時は私自身、自分が傷ついてるなんて思ってなかったんだ。でも……次の日の練習から、ああ、この人たち、心の中では私のことが嫌いなんだなって思うと、とっさのパスが出せなくなって。普段ならパスを出す場面でも、無理に自分で突っ込むようになったんだ」

美織は再び足元のボールを拾いあげて、今度は俺にパスを出そうとした。

……俺の胸元(むなもと)にボールが飛んでくる。けど、思っていたタイミングより一歩遅(おそ)かった。

美織がパスを出す仕草から、一瞬(いっしゅん)の躊躇(ためら)いが確かに窺(うかが)えた。

「それで、若村先輩に怒られたんだ。あんた、チームプレイする気ないでしょって。だから私も直そうとしたけど……全然、直らなくて。でも、私も頑張ってるのに、若村先輩がやたらと突っかかってくるから、つい言い返しちゃったんだ。入ってるんだから、別にいいんじゃないですかって。そのせいで、先輩たちとあんまり話さなくなって」

美織の声が、徐々に震えていく。

今まで固く封じ込めていた感情が、言葉と共に溢れ始める。

「決定的だったのは、この前の金曜日。夏希たちと映画を見に行った前日かな。部活の居心地が悪くて、自主練に参加せずに帰ろうとしたら……サッカー部の先輩に絡まれて」

美織は顔を俯かせて、袖で顔を拭い始めた。

「前々から、妙に話しかけてくる人だったの。その時もよかったら一緒に帰ろうよって誘われて、ちょっと怖いなとは思ってたけど、まあサッカー部の人だし、仲良くなったら怜太くんに近づけるかな……なんて打算もあって、駅まで一緒に帰ったんだ」

「……それが、若村先輩の彼氏だったってこと？」

詩の言葉に、美織はこくりと頷く。

その後、二人が一緒に帰るところを見かけた人がいて、若村の耳に伝わった。自主練に参加せず、人の彼氏を誘惑したという話を聞いて、若村が美織を問い詰める。美織は最初こそ真実を話したが、彼氏のことを信じている若村は聞いてくれなかった。

だから美織も最終的には苛ついて、それの何が悪いのかと言い返してしまった。

結果、二人は喧嘩になり、今に至っている。

「そうか……」

沈黙が落ちる体育館で、俺は言った。

「……いや、それ、若村の彼氏ヤバくない？」

普通にドン引きなんですけど？

彼女がいるのに他の女を口説いている時点でドン引きだが、百歩譲ってそれを許容したとしても、彼女と同じ部活の後輩を選ぶ思考回路が怖い。何でバレないと思った？

「……それは、そうだけど、若村先輩は彼氏が良い人だって思い込んでるから」

「いや、男を見る目なさすぎない？」

俺が突っこむと、詩は気まずそうに目を逸らしながら言った。

「……まあ、正直、若村先輩はそういうところあるから」

「……そういえば、元カレは不良だっけ？　よく殴られてたって話するけど」

美織と詩は何とも言えない顔で苦笑いしている。

「どうすればいいと思う？」

「そうだな……」

今の若村にその話をしたってまともに聞いてくれないだろう。

というか現に、一度美織が失敗している。

——なら、どうするのが正解か。答えは見えている。

まずは話し合いができる状況に戻すこと。

つまり、

「お前のその、パスを出せない症状を克服しないとだよな」

「……うん、そうだね。分かってる。いつまでも、このままじゃいられない」

正直、そう簡単には解決しない可能性もある。

仮にイップスのようなものだとしたら、相当厄介だ。

手元のボールを美織に投げ渡す。それを受け取った美織は、俺に投げ返してきた。

それを何度か繰り返す。要は基本的なパスの練習だ。

最初は少しだけ動作に躊躇いがあった美織も、すぐに自然に戻っている。

「夏希が相手なら、大丈夫そう」

ほっとしたように息を吐いた美織に、詩が声をかける。

「じゃあ、あたしは？」

詩は大きく手を広げてパスを要求する。

「もちろん、詩も問題ない……はず……あ、あれ？　何で……」

――美織のパスには、不自然な躊躇いがあった。

それでもパス自体は成功し、何とか詩の胸元にボールが届く。

「お、おかしいな……夏希の時は大丈夫なのに。ごめん、ごめんね、詩」

美織は何かに怯えるような様子で「ごめん」と繰り返した。

……これは、重傷だな。

あるいは、どんどん悪化しているのか。

前に観客席から見た時は、ここまでじゃなかったと思う。

女バス内の人間関係が悪化するほど、美織のトラウマも大きくなっている……？

悪口を言われた次の日からパスが出せなくなったという話だったたな。

詩はそんな美織に、優しくボールを投げ返す。

「大丈夫。大丈夫だよ、ミオリン。あたしはミオリンの味方だから」

言葉ひとつを丁寧に、その心に響くように、詩は美織に伝えようとする。

「……うん、ありがと。分かってる。分かってるんだ」

美織は何度も頷いて、恐怖心を振り払うように深呼吸をする。

……らしくない姿だ。こんなに弱々しい美織を見るのは初めてかもしれない。

いや、美織が俺(おれ)たちに弱さを見せてくれているのだろう。

その上で、克服しようとしている。だったら、その背中を押(お)してやるんだ。

美織が、ゆっくりと詩にパスを出す。

詩が受け取って、美織にパスを戻す。

そのやり取りを繰り返す。何度も、何度も。

そんな詩と美織の丁寧なパス回しに、俺も交ざる。

美織は俺相手なら自然にパスを出せるが、詩が相手だと少しだけ様子がおかしい。

だけど、成功体験は力になる。

美織の動作は、徐々にスムーズになってきた。

「……うん、なんか、大丈夫そう」

美織は安心したような様子で呟いた。

「後は、女バスの先輩たちにも同じようにパスを出せるかだな」

そう伝えると、美織は途端(とたん)に俯いて「……あんまり自信ないなぁ」と呟いた。

「夏希」

「何だよ」

「何とかしてよ」

美織は縋るような目で俺を見る。

頼れと言った手前、断りにくいけど限界がある。

「俺が何か言ったぐらいで、そう簡単に解決できる問題じゃないだろ」

「……うん、そうだね」

美織も自分が無茶振りしていることは分かっているらしい。素直に頷く。

「……何で、こんなに怖がってるんだろうね、私。ちょっと悪口言われたぐらいで」

嫌われるのが怖い。それは人間としては当然の感情だ。

そして実際に嫌われていることを知り、本能的に怯えてしまうようになる。

何もおかしな話じゃない。ただ、普段の振る舞いから精神的に強いと思われている美織がそんな状態に陥っているなんて、女子バスケ部の連中は誰も気づいていないだろう。

「そんなの気にしないぐらい、強い自分になりたいな」

美織の呟きが、雨のようにぽつりと零れ落ちる。

その雫が美織自身を濡らす前に、そっと傘を差してやりたいと思った。

せめて、美織の心を閉ざす雨雲が晴れるまでは。

「――それなら、強く在ろうとするお前を、これからは俺が支えるよ」

俺の虹色の青春を、恰好よく在ろうとする俺を、お前が支えてくれたように。

「その代わり、俺の前では強がらなくていい。愚痴でも何でも、俺が受け止めてやる」

どんと来い、と自分の胸を強く叩いた。

美織は驚いたようにぱちぱちと目を瞬かせる。

「夏希のくせに、恰好つけちゃって……なんか、恥ずかしいじゃん」

「おいやめろ。恥ずかしいとか言い出したら俺が一番恥ずかしいに決まってるだろ」

「夏希はいつも恥ずかしいでしょ。人として」

「人として⁉」

愕然とする俺に、美織はそっと微笑した。

それから、俺の耳元でささやいてくる。詩には聞こえないように。

「それじゃ、あなたとわたしの協力関係はこれからも継続だね？」

「ちょっと内容が追加されただけだ。大した問題じゃない」

「ふふ、恰好つけちゃって。——ちゃんと恰好いいじゃん、夏希。ありがとう」

至近距離でそんな笑みを見せられると、思わず見惚れてしまう。

「…………なんか二人の世界って感じだね…………？」

だが、俺の意識は詩の低い声ですぐに現実に戻ってきた。

「そ、そんなことないって。ね、夏希？」

「そ、そうそう。ほら、詩にも協力してもらうからさ」

美織と一緒に詩の機嫌を直そうとするが、なかなか直らない。

「……実際、今の美織の症状克服に、俺はあんまり協力できないからな」

こればっかりは美織の心の問題だ。

そう伝えると、美織が不安そうな目で俺を見る。

そんなしおらしい態度を取られると恰好つけて「俺が何とかしてやる」と言いたい気持ちに駆られるが、流石に部外者の俺が女子バスケ部の練習にまでは介入できない。

だから――と、ふくれっ面の詩に視線を合わせる。

「美織のこと頼めるか？　詩」

「……あたし、いるの？　ナツとミオリンだけでいいんじゃないの？」

「俺がいない間、こいつを支えてやってくれ」

美織を指差しながら言うと、美織はなぜか顔を背けながら言う。

「……その保護者みたいな言い方、恥ずかしいからやめて」

すると、そんな俺たちの様子を見ていた詩はくすりと笑みを零す。

そんな風に相好を崩して、いつも通りの笑顔になった詩は元気よく宣言した。

「仕方ないなぁ……あたしはミオリンの親友だから、協力してあげる！」

勝手に親友を名乗り始める詩に、美織は口元を緩めた。

「いつから親友になったの？　別に、いいけどさ」

――ちょうどそのタイミングで、学校中に鐘の音が響き渡る。

昼休み終了五分前を知らせる鐘だ。

ちょっと長話をしすぎたか。

体育館から教室までは結構時間がかかる。

「やばーい！　遅れちゃう！」

「走ろっか、詩！」

慌てている詩と美織は入り口で靴を履き替え、俺を置いて走っていった。

遠いとは言っても五分あるんだから、そんなに焦らなくてもいいのに。

……まあ詩と美織が楽しそうだったから、いいか。

俺も入り口で靴を履き替えていると、真横から声をかけられる。

「――若村先輩の彼氏の方は、こっちで何とかするよ」

あまりに驚きすぎて、手元の靴がどこかに飛んでいった。

「な、なぁ怜太。急に登場するのやめない？」

最近、竜也も怜太もいつの間にか傍にいるのでビビり散らかすんだけど？

怜太は間抜けな体勢になっている俺を一瞥して、

「倉野牧人。サッカー部の先輩だよ。元からチャラついた感じで、少し前から若村先輩と付き合い始めたらしいけど、他の女の子にも強引に手を出してるらしい」

俺の反応を無視して、自分の話を続ける怜太。

ちょっと冷たくない？

「いつからいたんだ？」

「最初から。君が詩と何かをする気なのは見てて分かったからね」

怜太が歩き出したので、俺も慌てて履き替えた靴を手に後ろをついていく。

……あれ？

というか、美織を抱き締めていたところも怜太に見られていた？

普通に恥ずかしくなってきた。それに、美織が怜太を落とすための作戦に影響を及ぼしてしまったら申し訳ないな。ただ、言い訳ができるような雰囲気でもない。怜太は一部始終を見ていたはずなのに、いつものように俺をいじろうともしなかった。

「……何とかするって言っても、具体的にどうするんだ？」

「やり方はいくらでもあるさ」

怜太は淡々とした口調で言う。

どう見ても、機嫌が良いとは思えなかった。

「──もう美織には関わらせない」

怜太は端的に宣言した。

あの怜太が断言したのだ。そっちの心配はいらないだろう。

*

その日から、女子バスケ部の練習試合までの十日間。

美織からは逐一近況の報告が届いてきた。

『夏希のおかげで、ちょっとだけ気が楽になった』とか『詩はいつもより雰囲気良くしてくれる』とか『私も頑張って先輩たちに歩み寄りたい』とか『今日は若村先輩にもパス出せた』とか『ちょっとずつ元に戻ってる気がする』とか、内容は端的な一言だった。

『そうか』『よかったな』『いいじゃん』『頑張ってるな』と、俺はその度に相槌を打つ。

どうやら詩の協力もあって、順調にパスを出せるようになってきたらしい。

そしてついに明日は練習試合だ。

美織から届いたRINEは『大丈夫そう。頑張る』の一言。

本当に良かった。

美織からのRINEを見ながらそう考えていると、玄関のチャイムが鳴る。

もう夜十一時だぞ。誰だよこんな夜遅くに……と思いつつもベッドから動かない俺。

「波香ー？」

妹の名前を呼ぶと、隣の部屋の扉がガラリと開く。

「自分で出ればいいじゃん……」

とかなんとか愚痴りつつも律儀に足音が玄関に向かう。今日も俺の妹が偉い。ちなみに母さんはもう寝てるし、父さんは単身赴任で東京に行っているので家にはいない。

よく考えると時間も時間だし俺が出た方がよかったかな……と思ってベッドを出たタイミングで、玄関から「えっ⁉」と、波香が驚くような声が聞こえてきた。

慌てて階段を下りて玄関に向かうと、波香は興奮した様子で口元を押さえている。

よく分からんけど無事ではあるらしい。ほっとした俺を波香が手招きする。

「ちょ、ちょっと来て！　美織先輩だよ！」

……え、美織？　何で？

混乱したままそっちに行くと、確かに私服姿の美織がそこに立っていた。

「……何だよ、お前、急に」

「……いいから、ちょっと外で話そう？」

美織は何だか恥ずかしそうな顔でそう言って、さっさと玄関を出る。

「ね、ねえ！　美織先輩とどういう仲なの!?　小学校の時は仲良かったけど、中学の時はもう全然話してなかったよね!?　美織先輩と違ってお兄ちゃん陰キャだったし！」

「やかましい。事実で人を傷つけるな」

興奮した様子の波香を適当に宥めてから俺も玄関を出る。

俺の家の周りは住宅街だ。時間も時間なので、人気もなく静まり返っている。

「……こんな時間に俺の家までひとりで来るなんて、危ないだろ」

普段部活から帰る時間よりも、さらに遅い。

部活をしているとはいえ、流石に美織の親も心配する時間だろう。

「……ごめん」

「家まで送る。その間に、何かあるなら話してくれ」

そう伝えて、歩き出す。美織は大人しく俺の隣をついてきた。

しかし、何も喋らない。

「……美織？」

何か話があるんじゃないのか。そう問いかけると、美織は首を横に振る。

「……ごめん。特に、何もないんだ。ただ、顔を見たくて」

美織は普段より暗い口調でそう言った。

え、そっか……何もないんだ……俺の顔が見たいだけなのか……。

「……え？　お前、俺のこと好きなの？」

「最近自信過剰だね？　そんなわけないじゃんバーカ」

「お前が俺に自信持ってって言ったんじゃん……」

シンプルに俺が落ち込んでいると、美織はそっと頬を緩める。

「てか、呼び出すにしろ、なんで玄関から。普通に電話かければいいのに」

「確かに。何でそうしなかったんだろ」

美織はてへ、と自分の頭をこつんと叩く。

「ふふ、私たちの仲、波香ちゃんにバレちゃったね」

「バレて困るような仲じゃなくても、勘繰られるのは普通に面倒だろ」

そんな俺の返答を無視して、美織はマイペースに話を変える。

「波香ちゃん、久々に見ると可愛くなってたなぁ。もう彼氏とかいるのかな？」

「いないだろ。まだ中二だぞ」

「……どうかな？」

「……おい、やめろ。俺を不安にさせるな」

美織はそんな俺を見て「シスコンじゃん。ウケる」とからかってきた。

もちろん、からかいであり、冗談だ。……冗談だよね？

うちの妹に彼氏なんていません。まだ早いぞ。

そんなことを考えていた俺に、美織はそっとお願いをしてくる。

「……ね、お願い。最初だけでいいんだ。明日の練習試合、顔出してくれないかな？」

少しだけ、震えているように感じる声音だった。

段々とパスを出せるようになってきたと、本調子に戻ってきたと聞いていた。

それでも、実戦ともなると不安なんだろう。

だから迷いながらもここに来た。頼れ、という俺の言葉を信じて。

「――ああ、分かった。応援しに行くよ」

俺がそこにいるだけで、美織の支えとなれるのなら。

そんな俺の心が伝わったのか、美織は安心したように目尻を緩めた。

＊

土曜日。

予定としては午後からバイトが入っている。

そのついで……という建前で、俺は学校に顔を出していた。

今日は女子バスケ部の練習試合。相手は強豪の空暮高校。おそらくは選手の親と思しき大人たちや、選手の友達と思しき生徒たちがちょこちょこ観戦に来ているようだ。

この雰囲気なら、俺が密かに観戦したところで違和感はないだろう。

二階に上がると、ちょうどアップが終わり、試合が始まるところのようだ。

円陣を組んだ後、スタメンの五人がコートに登場する。

当然そこには、美織の姿もあった。

よく見ると若村の姿もあるな。スタメンを奪うことに成功したのか。

「……うん？」

妙に忙しなくきょろきょろしていた美織と、目が合う。

多分、俺を探していたのだろう。どうやら俺に気づいたらしい。

美織は舌を出して俺を煽ってくる。子供か？　お前のために来たんだが？

とりあえず変に緊張とかはしてないようで安心した。

ふとベンチに目をやると、詩が周りにバレないよう控(ひか)えめに手を振(ふ)ってくる。

やがて詩はその手元を、オーケーサインに変化させた。

心配しなくても大丈夫ってことか。

それなら、安心して観戦させてもらおう。

——ボールが真上に放(ほう)り投げられ、試合が始まる。

ジャンプボールを奪うことに成功し、オフェンスからのスタートだ。

美織は右側のスリーポイントライン際(ぎわ)でパスを受けると、ドライブでゴールライン際に切り込んでいく。相手のセンターがカバーに入ったタイミングでノールックパス。

これが、通る。フリーの状態でパスを受けた味方のセンターは、そのままゴール下シュートを決めた。「おお……」と、双方(そうほう)のベンチから驚きの声が聞こえてくる。

相手は単純に美織のテクニックに、そして涼鳴(りょうめい)側は美織が珍(めずら)しくパスを出したことに驚いたのだろう。パスを受けたセンターの女子も、若干動揺(じゃっかんどうよう)したように見える。

「美織……」

「パス、出しますから」

美織は端的に言いながらディフェンスに戻(もど)る。

今度は相手の攻撃。涼鳴の上手いゾーンディフェンスに攻めあぐねて、停滞したところで飛び出した俊足の美織がパスをカットする。転がったボールを掴まえ、美織はそのまま速攻に切り替えていく。だが相手も流石は強豪。全力の戻りにより、美織はゴール前で回り込まれる——が、シュートフェイクから逆サイドにワンバウンドでパスが出た。

走り込んでいたのは若村だった。

美織の絶妙なパスを受け取った若村は、レイアップで軽々とシュートを決める。

……うん、パスを出せている。問題ない。

それどころか、完璧なパスだ。

「ナイスパス」

すっ、と若村は美織に向けて手を掲げる。

びくっとした美織がおそるおそる手を掲げると、ばしっと手を叩かれた。

「——勝つよ、この試合」

それ以上のコミュニケーションはなかった。

しかし、美織はしばらく叩かれた手を眺めてから、「はい！」と強く頷く。

そこから取って取られての激戦が繰り広げられた。

「——落ち着いて、一本取りましょう」

涼鳴側は、さっきのやり取りで吹っ切れたのか、美織が指示を出している。

先輩たちは複雑そうな感じだったが、あの若村が文句を言うことなく美織をサポートしているせいか、特に揉めるようなことはなかった。……最初はぎこちなくても、試合が続くにつれ、段々と息が合ってくる。美織を中心にチームプレイが出来上がっていく。

「ナイス、美織」

「ドンマイドンマイ、次決めるよ！」

本気のプレイが、お互いの仲を繋いでいく。

さまざまな誤解があったとしても、バスケットボールが心を通じ合わせる。

美織のピック&ロールに、若村が完璧なパスを出した。

軽々とボールがゴールネットに吸い込まれ、今度は美織が手を掲げる。

「若村先輩！」

「ナイス！」

若村は気持ちのいい笑みでその手を叩いた。

——そのタイミングで、試合終了を告げる笛が鳴った。

スコアは七十三対七十一。接戦の末、涼鳴の勝利だった。

美織は観客席の俺に向けて、大きくガッツポーズを掲げてくる。

「ナイスプレイ」

そう伝えると、美織は会心の笑みを浮かべた。

……この様子なら、もう心配はいらないだろうな。

＊

さて、バイトに向かうか。

俺がここに長々と残っていても意味はない。

意味がないどころか、不審者扱いされるまであるからな。

体育館を出て、校門の方に歩いていく。

しかし、ちょうど体育館の外周で、美織、詩と若村たちが対峙する場面に遭遇した。

慌てて近くの物陰に隠れる。

ギリギリ気づかれなかったようだ。

「……怜太くんに聞いたよ。本当に、牧人に強引に誘われただけなんでしょ？」

牧人っていうのは若村の彼氏の名前だったか。美織は気まずそうに頷く。

それにしても、もう怜太も動いていたのか。流石すぎる。

「ごめん、美織のこと信じられなくて」

若村は頭を下げる。

その態度を見て、美織は珍しくわたわたと慌てた。

「い、いえ……私がムカついて、何が悪いんですかとか言っちゃったせいなので！」

「……ふふふっ、まあ、それはそうだよねー」

詩が思わずといった調子で口を滑らせ、美織が「詩⁉」と驚愕している。

いや、その立ち位置で美織の味方じゃないのは草なんだが。

若村もふっと表情を緩めて、宣言した。

「あいつとはもう別れた。私は今度こそ素敵な恋人を見つけるから」

空を見ながら言う若村に、周りの先輩たちは不安そうに顔を見合わせている。

どうやら若村の男の趣味の悪さはすでに知れ渡っているらしい。

「それじゃ今度は……私の話をしてもいいですか？」

声音が震えている美織に、「うん、聞くよ」と若村たちは優しく頷いた。

――それから美織はゆっくりと、事の顛末を語り始めた。

俺たちに語った時と同じように。

若村たちも、それを黙って聞いていた。

美織が語り終えて、最初に口を開いたのは若村の隣にいる女子だった。

「……ごめん。聞かれてたんだね」

廊下で待ち伏せした時も若村の隣にいた。茉奈と呼ばれていた気がする。

謝ったのは、美織がパスを出せなくなるきっかけとなった悪口についての話か。

あの場にいたのは、茉奈と他数人の二年生らしい。若村はいなかった。

「謝ることじゃないです。私が浮かれてたのも事実で――」

「――違うんだよ。そんなのが理由じゃない。美織が浮かれるのは仕方ないじゃん。スタメンになれたんだからさ、そりゃ嬉しいよ。だから、うちらが悪いんだ」

言いにくそうに、顔を俯かせながら、それでも言葉は確かに聞こえてくる。

「うちらが、美織に嫉妬してただけだから。……ぽっと出の一年生にあっさりと実力で追い抜かされて、悔しくて負け惜しみを言ってただけ。だから――ごめん」

茉奈に続いて、他数人の二年生も頭を下げた。

慌てて美織が頭を上げさせようとする中、若村がくすりと笑う。

「いや、ぽっと出の一年生って……言い方悪すぎ」

茉奈が「うっ」と、ダメージを受けたようなリアクションを取る。

「ま、まあ実際まだ入部して二か月ですから……」

美織は苦笑いしている。

そんな場の雰囲気で「あははっ！」と、詩が大きな声で笑った。

本当に楽しそうに、お腹を抱えて笑っている。そんな詩の様子を見て、美織も、先輩たちもそっと表情を緩めた。仕方ないなとばかりに、顔を見合わせて肩をすくめる。

そんな光景を眺めて、俺は気づかれないようにその場を後にした。

空を仰ぐ。昨日までずっと曇っていた空には、一面の青が広がっている。

朝の天気予報では、梅雨明けの宣言をしていた。

燦々と輝く太陽が俺たちを照らす。夏が俺たちを呼んでいる。

きっと、しばらく雨は降らないだろう。

▼第三章　ねがいごと

「あちぃ……」

竜也がだらーっと机に突っ伏しながら、うめき声を漏らす。

「大丈夫？」

そんな竜也を星宮が下敷きで扇いでいる。

「もう、すっかり夏ね」

七瀬が窓の外を見ながら呟いた。空を見ると、太陽の圧が凄い。

つまりは快晴ということだが、冷房がないと焼き尽くされる気さえした。

現に、教室にいるだけで汗がだらだらと流れてくる。

七月一日。もう七月だというのに、まだ俺たちに冷房を使う許可は出ていない。

「今日は三十度を超えるらしいよ」

「マジかよ。これ冷房なしで乗り切るの無理だろ」

怜太の言葉に俺が戦々恐々としていると、詩が教室の扉を開けて登場する。

それから教室中に響く元気いっぱいの声で言った。

「みんな！　冷房つけていいってよ！」

「よし来た！」

「死ぬところだったぜ……」

「むしろ何で許可出なかったんだよ。殺す気か？」

「判断が遅(おそ)いんだよなぁ」

みんな喜んだり愚痴ったりとさまざまな反応だが、どれも同意できる。

とりあえず、まだ死なずに生きていくことができそうだ。

先生に直接交渉(こうしょう)していた詩が俺たちのもとに戻ってきて、胸を張る。

「あははっ！　あたし今、英雄(えいゆう)じゃない!?」

それから、花咲(はなさ)くように笑った。

……どきりと心臓が高鳴る。

高鳴ったことに気づかれないように顔を逸らした。

女子バスケ部で起きていたトラブルが解決し、詩が元気を取り戻した。

最初は詩の笑顔を見ていて「よかったなぁ」と普通(ふつう)に安心していたはずなのに、最近は見惚れてしまう。もちろん可愛いのは最初から分かっていたつもりだけど……。

なんか、マジで可愛い。

「あれ？　ナツ？　どうかした？」

詩が俺の顔を覗き込んできて、きょとんと小首を傾げる。

「……いや、何でもない。ありがとな、詩」

「どーいたしまして！」

詩は、にへらっと口元を緩める。その頬は少し紅潮している。

それは、詩が俺にしか見せない表情だ。

……正直、惹かれている。明らかに俺の心が変化している。

女子バスケ部のトラブルが解決してから、詩がなんか距離が近いのもあるだろう。

思わせぶりな発言もしてきたり、鈍感な俺でも分かるぐらいに好意を隠さない。

こっちは女の子慣れしてないんだから勘弁してほしい。

「お、冷房ついたみたいだね」

「涼しー。わたしもう、ここから離れません！」

「陽花里。どうせ体調崩すのだから、冷風が直接当たるところはやめなさい」

「あはは っ！　なんか楽しくなってきた！」

「い、生き返るぜ……」

冷房が稼働し、地獄だった教室にひんやりとした風が吹き始める。

死にかけていた竜也が、ゆっくりと体を起こした。

「これで何とか午後の授業も乗り切れる」

「でも、部活中は冷房ないよ？」

「その事実を思い出させるな。憂鬱になるだろ」

そんな詩と竜也のやり取りを見ていた俺の隣で、七瀬がぽつりと呟いた。

「そういえば、もう七夕の時期ね」

七瀬が見ている方向には掲示板があり、前橋七夕まつりのチラシが張り付けてある。

笹竹に短冊が飾ってある写真の下に、日程等の情報が載っている。

期間は七月五日の木曜日から、七月八日の日曜日までの四日間。

時間帯は十時から夜二十一時半頃まで。

前橋中心街の広範囲に交通規制をかけられ、屋台が展開される。

北関東ではそれなりに規模が大きいお祭りらしい。

「あっ、そうだね！　やった、お祭りだ！」

七瀬が見ているチラシの存在に気づき、はしゃぎ始める詩。

「詩はお祭り好きそうだな」

「うん、雰囲気が大好きなんだよね！」

そうだろうな。詩にお祭り。鬼(おに)に金棒みたいなものだ。

「詩はそもそも、親が商店街の近くでお店やってるんだよ」

「え、そうなのか？」

怜太の言葉を受けて驚くと、詩は頷(うなず)く。

「うん！　お好み焼き屋さん！」

初めて聞いた。でも、イメージ通りではあるな。

「美味(おい)しいよ。そのうち食べに来てね？　あたしが手伝ってる時もあるから」

詩はそう言いながらスマホの画面を見せてくる。お店の地図情報が載っていた。

「そうだね。今度みんなで行こうよ」

「行きたい！　わたし、お好み焼き大好き！」

話をまとめるような怜太の言葉に星宮がいち早く反応し、みんなも頷く。

「そうだ！　お祭りの時は屋台も出してるよ！」

「へぇ。じゃあ、立ち寄ろうかな」

「毎度あり！」

詩とそんな会話をしながらも、俺は考える。

――七夕まつりか。

虹色青春計画的には外せないイベントだろう。

なぜならめちゃくちゃ青春っぽいから。お祭りって青春感すごくない？

もちろん理由はそれだけです。それが一番大事なので。

ちなみに俺は中学生以降、お祭りに顔を出したことは一度しかない。その時はひとりで参戦して人混みにちょっとだけ揉まれて、空しくなったので帰った。だから何？

あの時、浴衣の女の子とデートしている奴が羨ましすぎて禿げそうだった。

だから今度は俺がその立場となる。

星宮を七夕祭りに誘って、浴衣デートと洒落込もうじゃないか！

などと俺が内心でうきうきしていると、七瀬が呟く。

「お祭り、私あまり得意じゃないわね……人が多すぎるのはちょっと……」

「あー、僕もどっちかって言うとそっち派だね。並の人混みなら別にいいんだけど、お祭りの人混みって本当に揉まれるって感じだから、結構うんざりするんだよね」

怜太と七瀬がうんうんと頷き合っている。

その意見も分かる。この様子だと怜太と七瀬はお祭りに行くことはなさそうだな。

星宮はどうなんだろう。苦手なら、無理には誘えないけど。

そう思って星宮を見ると、目が合う。

「……夏希くんは七夕まつり、行く予定なの？」

先手を打たれて、反応が遅れる俺。

「行きたいなとは思ってるけど、今のところ予定はないかな」

とりあえず無難に答えると、星宮はちょっと寂しそうな顔で呟いた。

「わたしも行きたいなとは思ってるけど、週末は家族で出かける用事があるんだよね」

「あー、そいつは仕方ないよなぁ……」

内心で肩を落とすも、表面上は普通に対応する。

そっか……星宮と七夕まつりには行けないのか……。

いや、仮に用事がなかったとしても一緒に行けるかは微妙なところだ。

集団ならともかく、二人きりは断られる可能性も高い。映画に誘った時の反応からすると二人きりを避けているようにも感じたからな。そうじゃないと信じたいけど。

……まあ正直、二人きりのデートに誘うにはまだ早い段階かもしれない。

むしろ断られる前に気づけてよかったと考えるか。焦らずに関係を進めよう。

「ちなみに、家族でどこに行くんだ？」

「神奈川にお母さんの実家があって、ちょっと顔出しに行くんだ」

「へぇ、神奈川か。都会だなぁ」

「あはは、神奈川の西の方だから普通に田舎だけどね」

それでも群馬よりはマシだろうな……。一部では魔境とも呼ばれる場所だ。

「そのついでに横浜で買い物もしたいと思ってるんだ。お祭り行けないのはちょっと残念だけど、こっちも楽しみなんだ。そうだ、夏希くんにお土産買ってくるよ」

「え、本当に？」

みんなに、じゃなくて、夏希くんに、なのか……。

ふーん………あ、やばい。ちょっとニヤニヤしちゃいそう。

俺と星宮がそんな会話をしている間にも、横で詩と竜也が話している。

「……詩は、祭りどうするんだ？」

「屋台の手伝いあるから、もちろん顔は出すよ！」

「そうか。俺は部活あるから、行くとしても部活後になるな」

「あたしも同じ。金曜は時間的にきついから、土日の部活後になると思う！」

……何だか妙に会話の行方が気になる。

竜也も詩も、お互いに探り合っているような感じだ。

それは竜也が詩を誘うタイミングを窺っているように見えるからだ。

『俺は諦めねえからな』

屋上で喧嘩したあの日、竜也は詩にそう宣言した。

だから詩は竜也の気持ちを知っている。その上で——何も言わない。

「土日か……」

「うん……そうなる、よ？」

お祭り好きの詩が、竜也に一緒に行こうと提案しない。

その時点で、竜也が勇気を出したとしても、答えは決まっているように思う。

複雑そうな顔の詩を見て何かを察したのか、竜也は席を立つ。

「ちょっとトイレだ。行くぞ夏希」

「え？　いや、別に俺は行きたくないんだが……」

「いいから来い」

「連れションガチ勢か？」

別に行きたくないと言っているのに、竜也は肩を組んで強引に俺を動かす。

……まあ、別に文句はない。こういう時の竜也は、だいたい大事な話があるからだ。

二人で廊下に出て、男子トイレまでの道を歩く。

教室からある程度距離を取ったところで、竜也が口を開いた。

「──夏希、お前、俺に気を遣って断るのだけはやめろよ」

「それは、お祭りの話か？」

竜也は頷く。おそらく竜也は、俺が詩に誘われる前提で言っているのだろう。

さっきの詩の反応を見て、詩の考えを察したということか。

「……俺が誘われるとも限らないけどな」

「まあ、その場合は気にするな。あいつが勇気を出せるとも限らねえ。ただ──」

竜也は一瞬言葉を躊躇う。

隣を歩く竜也に目をやると、険しい表情だった。

「──俺のせいで夏希に断られたんじゃ……詩が可哀想だろ」

真剣な声音に、何も言葉を返せなかった。

……どうだろう。でも、確かに、仮に俺が詩にお祭りに行こうと誘われたら、竜也のことが脳裏を過るだろう。竜也は詩が好きだと宣言しているのだ。友達の好きな人を気にしないわけにはいかない。……俺が少しでも詩に惹かれているのなら、なおさらだ。

「つまり、あの時のことはもう気にするなって話だ」

竜也が俺たちから距離を取った理由は、俺に対する嫉妬だった。

その時のことを俺が気にしている可能性を考慮して、竜也は話しているのだろう。

意外と細やかな気遣いができる男だ。思わずキュンとしそう（？）

「それに、詩が元気になったのはお前のおかげなんだろ？」

竜也は確信を持っているような口調で尋ねてくるが、それは間違いだ。

「俺はただ、ほんの少し手助けをしただけだ」

「……どこまで本当か怪しいもんだが、それすら俺にはできなかった」

竜也はどこか悔しそうな表情を浮かべている。

……竜也なりに、自分にも何かできないかと模索はしていたのだろう。

「俺が手助けできたのは、単に当事者の美織と仲が良かったからだ。そこの繋がりがなければ何もできてない。それに結局は、美織と詩が自分たちで何とかしたよ」

俺がそう伝えても、竜也は何も言わなかった。

無言のままトイレを済ませると、俺たちは来た道を引き返す。

教室に戻る寸前で、竜也は足を止める。

「……仮にお前の言う通りだとしても、俺が言いたいことは変わらねえ」

開きっぱなしの扉から見える教室の窓際では、詩が星宮と笑い合っていた。

「せっかく元気になったんだ。落ち込んでるところなんて、しばらくは見たくねえよ」

竜也は詩を見ながら呟いて、それから俺の肩に手を置く。

「……ま、後はお前の気持ち次第だけどな」

竜也はそう言って、先に教室の中に戻っていった。

俺はその場から動けなかった。

竜也はきっと本気で言っているのだろう。自分よりも、詩の気持ちを考えて。本当に良い奴だなと思う。だけど、本当にそれでいいのか？　無理はしていないのか？

言い知れぬ不安感が、心をざわつかせる。

星宮たちと映画を観ていた時、俺はこう思った。

――俺が理想とする友人関係は、恋愛感情と共存できるのか、と。

そして嫉妬が決定打となって人間関係が崩壊した騒動を、この前も見たばかりだ。

どちらかを優先しろという話なら――おそらく俺は友人関係を選ぶだろう。

だって俺は、現状の青春でも十分に幸せだ。

恋人は欲しい。星宮のことが好きだ。詩に惹かれている気持ちも否定できない。

だけど恋愛感情を優先して、友人関係を崩壊させたくはなかった。

そもそも俺は恋人がどうこうと言っているが、具体的な経験はまったくない。

知らないものに手を伸ばすよりは、今ここにあるものを守りたい。

ただ、そうやって現状を維持したとして、俺はこの青春に後悔しないのか？

もし叶うなら、もう一度あの青春をやり直す機会が欲しい。
その願いが叶って、今ここにいる。そして青春の後悔は一生消えない。
今度は後悔がないように、虹色の青春を送りたいと思った。
……後悔しないために、俺はどうすればいい？
ひとりで答えは出なかった。隣の竜也に相談するような話でもないだろう。
——美織に会いたいな、と純粋にそう思った。

*

その日の放課後。
みんなが部活に行った後、美織にＲＩＮＥを送ってみる。
夏希『部活終わった後、暇？』
美織『最近は自主練参加してるから時間ないよ』
俺が相談したいことを察したのか、端的な返答が来た。

夏希『じゃあ、また後で』

　そうチャットを送るとすぐに既読がついて、ぽんぽんとチャットが連続した。

美織『仕方ないなぁ』
美織『夜抜け出せるなら、うちの近くの公園来て』
美織『話、聞いてあげるから』

　後でいいと言ったのに、この返答。美織らしいな。
　もちろん、ありがたくはある。了承を意味するスタンプを打っておいた。
　近くの公園とは、入学式前に犬の散歩中の美織に遭遇したところのことだろう。
「……さて」
　とりあえずはバイトに向かうとしよう。
　七瀬はシフトに入っていない。今日は俺と店長だけだ。
　今日は八時までのシフトだが、美織と落ち合うのは九時過ぎになりそうだな。

……俺の親は遅くなっても何も言わないが、美織の親は心配しそうではある。

そんなことを考えながら放課後の教室でスマホを見ていた俺の首に、ぴたりと人肌の体温が当てられる。ぎょっとして振り向くと、鼻先が触れるほどの距離に詩がいた。

「あははっ、驚いた？」

「そりゃそうだろ……びっくりさせるなって」

「ごめんごめん。ナツの反応って面白いからついつい」

笑いながら、詩は一歩下がる。

「部活に行ったわけじゃなかったのか？」

「……この後、行くよ！　でも、その前に、ナツに用事があるんだ」

詩が俺に用事。心当たりはひとつだけ。さっきの竜也との会話が脳裏を過る。

「……用事っていうのは？」

俺が察していることを詩も察しているのだろう。

「……えっと」

妙に緊張した様子の詩は、珍しく言葉に迷って体をもじもじと動かす。

「……あの、さ。七夕まつり、あたしと一緒に行かない？」

わざわざみんながいなくなるのを待った後に、聞いてきている。

その意味を分かった上で、誤解がないように確認する。

「……俺と、詩の、二人だけで？」

「……うん。二人だけが……二人きりが、いいな」

詩は明確にそう言った。

恥ずかしそうな顔で、それでも俺と目を合わせながら。

その表情から目を離せないまま、だけど俺は答えに迷っている。

二人だけの教室に沈黙が落ちて、窓の外から蝉の声が響いてくる。

太陽はまだ空にあるが、徐々に茜色に染まり始めている。夕焼けの日差しが、詩の横顔を照らす。夏の生温い風が詩のショートカットを靡かせ、詩は指で軽く髪を整えた。

今の俺にはまだ答えがない。

本当は、これから美織と相談する予定だったから。

だというのに俺の体は勝手に動く。本能の判断に委ねたら、自然と答えが出た。

「……分かった」

詩は俺が頷くとは思ってなかったのかもしれない。

ぱちぱちと目を瞬かせて、「……本当に、いいの？」と尋ねてくる。

覚悟を決めて頷くと、詩は花咲くように笑った。俺が好きな詩の笑顔だった。

それから自分が露骨な反応をしたことに気づいたのか、慌てたように両手で自分の顔を覆って、それから俺に背を向ける。その状態でも、耳まで真っ赤なのはよく分かった。

「そ、それじゃ！　細かいことはまた連絡するから！　また後でね！」

ぴゅー、という効果音が鳴りそうな速度で詩は教室を去っていった。

……俺は、ひとり残された教室で机に突っ伏す。詩に負けないぐらい自分の顔が赤いことは見なくても分かった。こんなに頬が焼けるように熱いことはなかなかない。

「破壊力ありすぎだろ……」

――あの時の俺の頭の中に、詩の誘いを断るという選択肢はなかった。

*

バイトが終わり、風呂に入ってから公園に向かう。

白のティーシャツに短パンというラフな恰好だが、美織相手だし問題ないだろう。

日が落ちたせいか、暑すぎるということはない。適当な恰好でも気楽に出歩けるので夏の夜は嫌いじゃなかった。散歩気分のまま、すぐに目的地の公園に辿り着く。

美織はすでに公園のベンチで俺を待っていた。

俺と似たようなラフな恰好で、空を見ながら足をぶらぶらさせている。

近づいていくと俺に気づいたのか、美織は柔らかく微笑した。

「あ、眼鏡かけてる。久しぶりに見たな」

「……さっき風呂入ったからな。コンタクトは外したんだよ」

目元に手をやると、硬い感触。黒縁の眼鏡を外すと、一気に視界がぼやけて見えた。

俺は目が悪い。裸眼だと日常生活が厳しい程度には。

美織は俺の手にある眼鏡を勝手に奪い取ると、自分の耳にかける。

「あ、割と度が強いんだね。これじゃぜんぜん見えないな」

美織が眼鏡をかけると印象が変わるな。真面目な委員長タイプに見える。

……とはいえ、視界がぼやけているからあんまり見えてないけど。

美織は俺の眼鏡で遊んで満足したのか、俺の顔に眼鏡をかけ直してくる。

近い。しかも美織は、そのまま眼鏡をかけた俺を至近距離からじろじろと眺める。

「うん。眼鏡かけてても、悪くないじゃん。理系男子みたいな感じ？」

「……そうか？　オタクっぽく見えるかなと思ってコンタクトにしてるんだけど」

「普段はコンタクトの方がいいかもだけど、たまには眼鏡もいいよねー。ギャップも狙えるし、理知的に見える。まあ私は、あなたの眼鏡姿は見慣れてるんだけどさ」

ふーん、と適当に返事をしながら美織の隣に座る。

「またあんまり興味なさそうな返事して……」

美織はジト目で俺を睨んでくる。

まあ今はそれより大事な話題があるからな。

「まったく、もう。……それで？　どんな話があるの？」

美織の声音が柔らかい。表情も。ついでに言えば、距離も近い。

……なんか女子バスケ部のトラブルが解決してから、美織がやけに優しい気がする。

俺はちょっと手助けしただけなんだが、美織なりに恩でも感じているのだろうか。

まあ、別に美織が優しいことで俺に不都合はない。逆に怖いってだけだ。

「詩との話なんだけど――」

俺は美織に、竜也に言われた言葉や詩の誘い、そして理想的な友人関係と恋愛感情の共存について、青春を後悔しないために――等々、今日感じたことを話していく。

流石にタイムリープのことは話せないが、それ以外のすべてを美織に明かした。

美織は相槌を打ちながら、俺の話に耳を傾けてくれた。

そして、

「――別に、いいんじゃない？　竜也くんも許可してくれたんだから」

美織は端的にそう言った。

「そこで断ってたら、むしろ竜也くんの気遣いが意味ないじゃん。それに、あなた自身が詩と一緒に行きたいって思ったから頷いたんでしょ？　じゃあ、行ってきなさい」

「竜也は、それでいいのかな？」

「そこはもうあなたが気にする必要はないと思うな。竜也くんなりに考えて、あなたにそう言ったんだろうし、変に心配するのは、むしろ信用してないと思われちゃうよ」

美織の言う通りだと思う。

ただ、俺は……少なくとも今はまだ、詩のことが好きなわけじゃない。

俺の心にいるのは星宮だ。詩に惹かれている気持ちを、否定できないとしても。

こんな中途半端な状態でデートをして、詩は、竜也は、俺を許してくれるのだろうか。

……衝動的に頷いてしまった身で、何を今更という話ではあるが。

思い悩む俺に、美織は優しく声をかけてくれる。

「──青春を、後悔したくないんでしょ？」

「でも、それが原因で友達を失ったら、後悔するかもしれない」

「きっと何とかなるよ」

随分と楽観的な言葉だった。

隣を見ると、美織はベンチに体育座りしながら、俺を見つめている。

「竜也くんの時も、私の時も、何とかなったじゃん。あなたの周りにいる人は優しい人ばかりだから、今のあなたなら失うようなことには、ならないと思うよ」

……優しい声音と、優しい言葉だ。何というか、むず痒い。

「今の俺ならって、本当にそうか？」

「そうだよ。もっと自分に自信持って！」

美織は俺の背中をばしんと叩いて、そのまま立ち上がった。

「痛いって……」

そう抗議するも、美織は無視して上機嫌に鼻歌を歌いながら歩き始める。

「アイス食べたい。コンビニ行こ」

俺がついてくることを信じて疑っていないのか、後ろは振り返らなかった。

……まったく、相変わらずだな。

近くのコンビニでガリガリ君を買う。

美織はスーパーカップを買ったらしい。

理由を聞くと、

「なんか他のアイスより同じ値段で量が多い気がするじゃん」

とかなんとか言っていた。子供か？

家までの帰り道を歩きながら、アイスを食う。

久々に食うガリガリ君うますぎだろ。ちょっとだけ涼しく感じる。

「なんか夏って感じだなー」

美織がスーパーカップを食べながら呟く。

「そういや美織は？　七夕まつりに顔出すのか？」

俺ばかりが話していて、美織の話を聞いていなかった。

「一応、顔は出すよ。芹香と行こうかなって話はしてる」

「芹香？」

「クラスメイト。仲良いんだ。ほら、勉強会の時に私と一緒にいた子」

「あー、金髪のギャルっぽい子か」

見た目のイメージに反して真面目に勉強していた記憶がある。

一周目の記憶にもないので、関わったことはない。

「怜太は？」

「それとなく聞いてみたけど、お祭りあんまり好きじゃないんだって」

「ああ、そういえばそんなこと言ってたな……」

「だから、無理して誘うこともないかなって。それより、詩とあなたの初々しいデートでも観察して楽しもうかな。人混みすごそうだし、見つけられるか分からないけど」

「やめてくれ……恥ずかしいだろ」

「まあ積極的に探すつもりはないけど、お祭りデートは、そのリスクは許容しないと駄目だよ。同じ学校の人はたくさんいるだろうし、詩と二人でいたら、間違いなく付き合ってるんだって周りには思われるから、それは覚悟しておいた方がいいよ」

……確かに、それはそうか。

俺と詩が付き合っているという噂が流れる可能性は高い。

「だから、陽花里ちゃんも二人の仲を気にするようになると思う」

「それは、まあ仕方ないな……」

そもそも現状ですら、多少は気にされている気がする。

「ま、聞かれたら否定すればいいだけだし――本当に付き合うかもしれないし？」

美織がニヤニヤしながら問いかけてくる。俺は何も言わなかった。

すると無視された美織がばしんと背中を叩いてくる。

それやめろって。地味に痛いから。今時暴力系ヒロインは流行らないぞ。

「よーし、詩とのデート、楽しんでこい！　私も応援するから！」

ちょうど美織がそう言ったタイミングで、美織の家の玄関先に辿り着く。

「はい、これ。じゃあ、おやすみなさい」

美織は何気なく俺にスーパーカップのゴミが入った袋を渡すと、スキップでもしそうなほど上機嫌に、玄関の扉の奥へと消えていった。いや、ゴミは自分で捨てろよ。

＊

それから数日が過ぎた。

土曜日。詩と約束している日が訪れる。

女の子と二人きりのデートなんて初めてだ。

緊張しているのか、休日なのに早起きしてしまう。

詩は部活があるから、約束しているのは夕方なんだけどな。

ベッドに寝転がったまま詩とのＲＩＮＥを見返す。

集合場所はお祭りが行われる区間の近くにあるコンビニ。

集合時刻は一応、十七時頃となっている。

正確な時刻については『部活終わったらまた連絡するね！』と言われている。

……やばい。なんかソワソワする。こういう時は何かしら作業していた方が落ち着くんだけど、今日はバイトもない。地味に期末試験が近いし勉強でもしようかな。

……あ、というか、何を着て行けばいいんだろう。

詩は浴衣を着てくるのだろうか。俺も甚平(じんべい)でも着た方がいいのかな。

ちょっと気合入りすぎか？　七夕まつりは洋服の人の方が多いような気はする。

冷静に考えるとそもそも甚平なんて持ってなかった。洋服だな。

でも洋服もこの前、美織に何枚か見繕(みつくろ)ってもらったものの、逆に言えばそれぐらいしかまともなものがない。そのまともな洋服も詩はすでに一度見ている。ダサいと思われたくはないが、同じ服ばかり着ている男とも思われたくないなぁ。

ちょっと高崎(たかさき)まで出てのんびり服でも選ぼうかな。どうせ夕方まで暇だし。

俺にファッションセンスはないが、最近はユーチューブでファッション系の動画を見たりして多少は勉強している。欲しい服の候補はある程度固まっていた。

今まで買わなかった理由は金だが、先月のバイト代が入ったので問題は解決した。

――と、いうわけで。俺は午前中は期末試験の勉強をしてから、電車に乗って高崎に繰り出した。群馬唯一(ゆいいつ)の都会と言っても過言じゃない場所だ。群馬の割に施設(しせつ)は揃(そろ)っており、行き交う人も多い。俺の地元からも近いので便利なんだよな。

近くの大型デパートに入り、服屋を見て回ることにする。

よく分からねえ……と思いながら服を眺めていると、店員が話しかけてくる。

「何かお探しですか？」

うっ……陰キャなので店員に話しかけられるの苦手なんだよな。

とは思いつつ、どう考えても俺のセンスよりもその道のプロの方が信用できる。

どんな感じの服が欲しいかをざっと伝えると、

「分かりました！　ちょっと待っててくださいねー！」

店員のお姉さんはニコニコと楽しそうに服を選び始める。

反応が良すぎて逆に不安だ。やがて何枚か見繕われ、試着室に押し込まれる。

「お兄さん背が高いので、これとかも似合うと思いますよー」

店員のお姉さんに着せ替え人形にさせられる俺。

……でも確かに、なんか良い気がする。かっけえ……でも高え……。え、これ一万円もすんの？　高校生には厳しいお値段だ。諦めた方がいい。分かっている。分かっているけど……。

「――ありがとうございました！　またお越しくださいませ！」

結局、店員に誘導されるがままに何着か服を買ってしまった。

バイト代の三分の一ほどが一瞬にして消えたが、不思議と後悔はない。

その後も何軒か服屋を見て回り、店員の押しに負けてもう一着購入した。

昼になってお腹が空いたのでデパートの六階にあるレストラン街で昼食を選ぶ。和食屋でとんかつ定食を堪能してから、時計を見る。まだ午後一時。詩との約束まで時間があるので本屋に入った。星宮に薦められていたミステリ小説を見つけたので購入し、デパートを出て、すぐ傍にある洒落た雰囲気の喫茶店に入った。コーヒーが美味い。タイムリープしてからは金もないので缶コーヒーで舌を誤魔化していたが、やはりちゃんとした店のコーヒーは違うな……などと考えていると、手元のスマホがピコンと音を鳴らした。

画面を見ると、星宮からRINEが届いている。

しかもグループじゃなく個人チャットだ。何の用だろう？

RINEを開くと、『こちら横浜で買い物中！』というコメントと共に、写真が投稿されている。横浜のショッピングモールのような場所で、髪を後ろで結んで帽子を被っているカジュアルな恰好の星宮が、気持ちの良い笑顔でピースサインをしていた。

今日も今日とて星宮が可愛い。というかあざとい。でも天然なんだろうなぁ。

とりあえず『いいね！』みたいな感じのスタンプを送ったが……これだけじゃ素っ気な

いと思われるかな？　続いて『羨ましい笑』とチャットを送っておく。
しばらくニヤニヤしながら写真を眺めていると、星宮から続いてチャットが届く。

星宮ひかり『お土産、何がいい？』
夏希『なんでも嬉しいよ！』
星宮ひかり『えー、なんでもが一番困る！　笑笑』
夏希『じゃあ、お菓子？』
星宮ひかり『じゃあ、夏希くんはどんなお菓子が好き？』
夏希『クッキーとかチョコとか？』
星宮ひかり『おっけー！』
夏希『ありがとう！　楽しみ！』

そんなやり取りを終えて、星宮から『任せて！』という台詞付きのアニメスタンプが送られてくる。へぇ、星宮もアニメを見ることがあるんだな。昔なら意外だと感じるところだけど、星宮の性格を知った今はそう感じないな。結構オタク気質だし。
何にせよ、いったん星宮とのやり取りが終了したと思った時。

星宮ひかり『夏希くんは七夕まつりに行くの？』

既読から少しの間を置いて、そんな内容のチャットが送られてきた。
自分の近況を書いてから、相手の近況を尋ねる。
トークとしては当然の内容だが、俺の手は止まる。
正直、詩と七夕まつりに行くことを星宮には伝えたくない気持ちがあった。
……でも、それこそ不誠実な話だ。
行くと選択した以上は、隠すべきじゃない。
そもそも、どのみち月曜日にはみんなに知られているだろうしな。

夏希『詩と一緒に行くことになったよ！』

素直にそう伝えると、すぐに既読がつく。
なぜか、しばらくの間があった。妙に喉が渇いているので手元のコーヒーを飲む。
すでにコーヒーは冷めていて、普段より苦味を強く感じた。

星宮ひかり『楽しんでね！』


しかし結局、星宮から送られてきたチャットはそんな端的な内容だった。

……まあ、今の既読から返信までの時間に意味はないんだろうな。何を変な期待をしているんだ。俺と詩が二人きりでどこかに行ったところで、星宮に思うところなんてあるはずもない。なぜなら星宮は、俺に友達以上の好意など持っていないのだから。

冷めたコーヒーを飲み切って、先ほど買った小説を取り出す。

さて、妙に沈んだ気を取り直して小説を読み始める。

周囲からは落ち着いた声の話し声が聞こえてくるが、程々の雑音がむしろ心地いい。

文字を目で追っていくと、すぐに物語の世界に沈んでいった。

――新たな来客の足音で現実に戻る。

気づけば詩との約束の時間が近づいていた。

会計をすませ、外に出る。

良い時間を過ごした。星宮のお薦めも外れがないな。

たまにはひとりでぶらつくのもいい。

心が落ち着いた気がする。
新しく買った服に着替えて、気分も良い。
これなら、詩とのデートも平常心で臨めそうだな。
詩から『時間通りで行けそう！』という連絡も来ている。
準備万端。よし、詩との七夕まつりを楽しむぞ！

＊

――一目で、俺の平常心は脆くも崩れ去った。
赤い浴衣だった。鮮烈な赤の中に、色とりどりの花々が咲き誇っている。
ショートヘアは緩く編み込まれ、その片側には大きなお花のアクセサリー。
普段はあまり飾り気のない詩の、可愛さ全振りみたいな恰好だった。
きょろきょろしていた詩はやがて俺に気づいたのか、控えめに手を振ってくる。
正気に戻った俺が慌てて近づくと、詩は髪をいじりながら、目を逸らして呟く。
「……あ、えっと、その、お、おはよう？」
消え入りそうな声音だった。あの詩が出したものとは思えない。

「……お、あ、うん。おは、よう」

一方、俺の口から出た声も掠れ切っていた。ナニコレ？

頭のどこかに冷静な自分はいるものの、大部分はパニックだった。

……平常心？　あいつは死んだよ。

そもそも、おはようって何だ。ぜんぜん夕方だよ。もう空は茜色に染まってます。

「……」

「……」

しかしツッコミは不在である。

なぜなら俺の口から言葉が出ないから。

詩と、向き合っている……のに、目が合わない。

ちらりと詩を見ると、俯き気味の詩もちらりと俺を見て、目が合う。

詩がばっと目を逸らしたので、つられて俺も目を逸らした。

「……浴衣」

詩がぼそりと呟いた。

「着てみたんだけど！　……どう、かな？」

なんか詩の声量が不安定だ。

　詩を見ると、両手を後ろで結んで、俺に自分を見せている。

「……よく似合ってる」

　絞り出すように答えると、詩はなぜか頭を下げてきた。

「あ、ありがとうございます……」

　なんで敬語？

　今日の詩はツッコミどころが多い。というか別人レベルなんですけど？

　何にせよ、俺以上に緊張しているのは間違いなかった。

「高校生かな？　かわいいー」

「ひゃー、両方とも顔真っ赤だね。がんばれー」

　女子大生っぽい人たちが、俺たちの横を通っていく。

　どう考えても俺たちの話だった。恥ずかしくて余計に顔が赤くなる。

「と、とりあえず行こっか！」

　詩が右手と右足を同時に出して歩き出す。

　確かにそうだ。まだお祭りの区域に辿り着いてすらいない。

　集合場所のコンビニの目の前で、いったい何をやっているんだ俺たちは。

　詩の隣に並んで、大通りの歩道を歩く。

浴衣のせいか、詩はちょっと歩きにくそうだ。足元はサンダルみたいだけど。

「……ちょっと速いか？」

「あ、ううん。大丈夫だよ」

行き交う人々の数が段々と増えていく。

それも浮かれた様子の人が多い。学生っぽい若い人も多いな。

お祭りの区域に近づくにつれて、空気感がお祭り特有のものに変わっていく。

やがて屋台が両脇に立ち並ぶ通りが見えた。大勢の人が行き交い、暗くなり始めた周囲を灯篭が照らしている。隣を歩く詩が、強張っていた表情を輝かせた。

「おおー……なんか、良いよねお祭りって。みんな楽しそうで、あたしも楽しいな」

「ああ、分かる。雰囲気が良いな」

段々と、自然に話せるようになってきた。

まだまだ心臓の鼓動はいつも通りじゃないが、表面上は冷静さを保てている。

お祭りの通りに足を踏み入れると、ふと詩が呟いた。

「あたし、わたがし食べたいな」

何となく詩の顔を見ると、詩はちょっと恥ずかしそうに唇を尖らせる。

「……何でこっち見るの。子供っぽいって言いたいの？」

「いやいや、別に何も言ってないだろ」

「じゃあ、見ないでよ。……き、緊張するから」

「……わ、分かったよ」

「……ごめん、嘘。やっぱり見て」

「どっちだよ」

「せっかく浴衣着たから、見てほしい。でも、あたしに気づかれないようにして」

「だいぶ無理のある要求だな？」

そうツッコむと、詩がくすりと笑った。

「あたし、わたがし買うね。ちょっと待ってて」

そう言って、詩はわたがしの屋台に並ぶ。

近くの自販機の前で待っていると、詩がわたがしを手に戻ってきた。

俺の隣に並んで、ぺろぺろと舐め始める。なんか小動物みたいで可愛いな。

「甘い！」

「そりゃそうだろ。砂糖の塊だぞ？」

「……そういう夢のないこと言うのやめて？」

詩がじとっとした目で睨んでくる。これはもしかして減点ですか？

やがて詩はわたがしを食べ終えると、俺に尋ねてくる。

「ナツも何か食べる？」

「そうだな。お腹は空いてきた」

候補としては焼きそば、たこ焼き、お好み焼き、じゃがバターあたりか。

……うん？　お好み焼きと言えば、詩の親も屋台を出しているって話だよな？

「じゃあ、お好み焼き食べるか」

その言葉で俺が何を考えているか気づいたのか、詩は慌てたように否定する。

「う、うちは駄目だからね」

「え、何でだよ。美味しいんだろ？」

「……ナツがいいなら、いいけど。二人でいるとこ、見られるんだよ？」

……確かに、その通りだ。

詩の両親は、浴衣姿の娘と二人きりでいる俺に遭遇するわけだ。

その場面を想像する。結論はすぐに出た。

「……やめとくか」

「……うん。一緒に焼きそば食べよ？」

詩の提案に従い、近くの屋台で焼きそばを購入する。

そこから少し歩くと、通りの脇に広場のような空間があった。

どうやら休憩スペースになっているらしい。多くの人がそこで休んでいる。

俺たちは段差状になっているスペースの一角を陣取り、腰かける。

「美味しい」

詩は焼きそばを一口食べて、微笑んだ。

「こういうところで食う焼きそばってやたら美味いよな」

「めっちゃ分かる！　なんとか効果ってやつなのかなぁ？」

「プラシーボ効果って言いたいのか？」

「そう、それ！　よく分かったね」

本当だよ。なんとか効果じゃ何も情報ないぞ。しかも多分使い方違う。

「半分食べたし、後はナツの分ね」

俺がプラシーボ効果について解説してイキり散らかすか迷っていると、詩から焼きそばと割り箸が手渡される。もちろん割り箸は、詩が使っていたものと同じだ。

……これ間接キスだよね？

いやいや、今時そんなこと気にする奴いないか。いないよね？

変に気にする方が恥ずかしいかもしれない。よし、普通に食べるか。

「美味いな、この焼きそば」

話しかけても返答がなかったので隣を見ると、詩はなぜか顔を真っ赤にしていた。

「……詩？」

「ちょ、ちょっとあたし、飲み物買ってくる！　食べてて！」

そのまま慌てたように走っていった。

そんなに喉が渇いていたのかな。

まあこの焼きそば、しょっぱいからな。

＊

本格的に夜が訪れ、さらに人が増え始める。

人を避(よ)けながら歩くことが多くなり、隣の詩が気にかかる。

背が小さいから、見失ってしまいそうだ。

また人の波が正面から襲(おそ)ってきて、かわしていると服の袖(そで)を引っ張られた。

ちょこんと、詩が俺の服の袖をつまんでいる。

「ま、迷子になっちゃうかもしれないから。ナツが」

詩は早口で言い訳のように言った。迷子になるの詩じゃなくて俺なのかよ。

——だったら、手を繋いだ方がいいんじゃないかと思った。

その方が確実だ。詩も本当はそれを望んでいるような気もする。

だけど、俺の口からその言葉は出ない。

それを言ってしまうと、もう後戻りができないような気がするからだ。

手を繋ぐという行為は、友達同士のものじゃない。

付き合っている男女の行為だ。それを俺から提案すれば、詩のことが好きだと捉えられても仕方がない。もし詩に告白された場合、俺はもう断ることができなくなる。

手は繋いだけど、付き合うのは嫌だなんて言えるわけもない。

……いや、もちろん詩のことは好意的に思っている。だから今ここにいる。

それでも、ふとした時に脳裏を過るのは星宮の笑顔だった。

結局のところ、俺はまだ何も決められていないのだ。だから能動的に動けない。

美織は行きたいなら行けばいいと言った。

でも、やっぱりここにいるのは間違いなんじゃないのか？

「……大丈夫だよ。分かってるから」

思い悩む俺を見て、詩は優しく呟いた。

いったい詩は、何をどこまで分かっているのだろうか。

気になるけど、それを聞くのは躊躇われる。あえて言葉にしていないのだから。

「それより、ほら！　射的あるよ！　あたし、やりたいな！」

詩はぱたぱたと走っていく。

さっきの神妙な声音が気のせいだったかのように元気だ。

俺に気を遣ってくれている。俺を楽しませようとしてくれているのだろう。

ならば、俺も詩の気遣いに応えなければいけない。

「射的なら任せろ」

にっ、と笑って腕に力こぶを作る。

これでも大学時代、暇だからＦＰＳをやり込んでいたからな。結構上手いぞ。それ何か射的に関係ある？　ないな。ないです。マウスで操作できませんか？

「自信あるの？」

「やっぱりないかも……」

「何それ」

お腹を揺らして詩は笑った。

「じゃあ、どっちが上手いか勝負だよ！」

それから射的屋に入り、俺と詩は射撃の上手さを競い合う。

「――あ、当たった！」

結論から言えば詩の方が上手かった。とはいえ誤差レベルだけど。

俺が全弾外したのに対して、詩は的を一個だけ倒した。

「でも絶対狙ったやつと違くない？」

「う、運も実力のうちだから」

詩は露骨に咳払いして誤魔化している。

射的屋の主人から、詩は落とした的を景品として渡される。

小さな箱に収められていたのは、実用的なキーホルダーだった。

「これ、ナツにあげるよ」

「いやいや、詩が落としたやつだぞ？」

「もらってよ。それに、どっちかって言うと男の子が使う感じのデザインだよ？」

確かに、それもそう。

まあキーホルダーは実際持ってないし、ありがたく受け取るか。

「じゃあ代わりに、詩に何か奢るか」

「えー、いいよそんなことしなくて」

「詩が部活してる間、俺はバイトしてるんだぞ？　お金は問題ないから」

ドヤ顔で言う俺だが、実際にはさっき服屋で使いまくったばかりだ。若干不安。

「じゃあ、ちょっとだけ甘えようかな！」

詩は楽しげに頷いた。

――そんな詩の前に、急いでいる様子の人が人波を避けながら近づいてくる。

詩は気づいていない。

思わず、その肩を掴んで、こっちに引き寄せてしまう。

詩は「えっ？」と声を出しながらも、逆らわずに俺の胸元にやって来る。

その時、さっきまで詩がいたところを、急いでいる様子の人が通り抜けていった。

詩もそれでようやく俺の意図に気づいたのか、

「ご、ごめん……ありがとう」

と、真下から俺を見上げて言った。

その角度とその距離は破壊力が大きい。

「……こうしてると、ナツってやっぱり背が高いね？」

「……詩も、ちっちゃいな。腕の中に、すっぽり収まるぞ」

「……これから大きくなるんだから」

人混みの中、俺たちは通りの端に寄って、見つめ合っている。

詩はなぜか俺から離れようとしない。……俺も、詩から離れなかった。

「……あれ？　灰原くんじゃん」

聞き覚えのある声をかけられ、露骨に肩を揺らした俺たちはそそくさとお互いの距離を取る。

そちらに目をやると、人波の中で足を止めたのはクラスメイトの藤原だった。

「お、おう」

「灰原くんも来てたんだねー」

藤原はこっちに近づいてくる。

「うぃーっす。どもども」

その隣には同じくクラスメイトの日野もいて、いつも通り軽薄に声をかけてくる。

俺と掃除グループが一緒の二人だ。

藤原は俺の隣にいる詩の存在に気づいて、きょとんとする。

「あれ？　詩と一緒なんだ」

「や、やっほー……」

詩は顔を赤くしながら控えめに手を挙げた。

「おお、佐倉ちゃんめっちゃ可愛いじゃん。浴衣似合うなー。ヘアアクセもいい」

日野が露骨にテンションを上げて詩をベタ褒めする。

そんな日野の頬を藤原が無表情につねった。日野は悲鳴を上げる。

藤原は俺たちを交互に見て、意外そうな表情で尋ねてきた。

「もしかして、二人ってそういう感じ？」

「――違うよ！　誤解しないで。単に、友達として遊んでるだけ！」

詩は、はっきりとそう答えた。

「そうだよね？　ナツ」

こっちに話を振られたので「ああ」と頷いておく。

藤原は「ふぅん」と興味なさそうな相槌を打ってから、小首を傾げた。

「つまり、まだってこと？」

「よ、余計なこと言わないでっ……！」

詩は珍しく怒って藤原に詰め寄る。

それから二人で小声で話し始めたので、何を言っているのかはよく聞こえない。

すると日野が俺の隣にやってきて、声をかけてきた。

「よぉ。楽しんでるか？」

「それなりに」

「そっちは？　もしかして、そういう感じなのか？」

「ん。付き合ってるぜ、二週間前から」

藤原と日野かぁ。意外なような、そうでもないような。

「……へぇ。まあ最近、掃除の時間とかなんか仲良いなって気はしてたけど」

クラスの女子のまとめ役だけど冷淡な感じの藤原と、チャラついた感じのくせに意外と真面目なところもある日野。これで結構合っているのかもしれない。

「俺は別に隠さなくてもいいんだけどな、あいつは自分からは言いたくないらしい。俺なんかと付き合ってるなんて知られたら恥ずかしいんだって。――可愛いだろ？」

「ああ……そいつは可愛いな」

日野を選んだのは自分のくせに。いや、そうとは限らないのか？

「どっちから告白したんだ？」

「俺からだと思うだろ？　あいつだ」

「うわ、マジかよ。そいつは驚きだなぁ」

藤原の見る目が変わる。日野みたいな男が趣味なんだね。

そこで藤原は自分の話をされていると気づいたのか、詩との話をやめてこっちに来る。

「一応言っておくけど、こいつからなんか聞かされても全部嘘だから」

「まあそういうことにしとくよ」

肩をすくめると、藤原は日野を睨む。日野も俺と同じように肩をすくめた。

「そもそも別に私はこいつとは付き合ってなくて……」

「──奏多。いいから、そろそろ行くぞ」

日野は藤原の手を取る。

「ちょ、二人の前なんだけど」

藤原は慌てながらも、なんか満更じゃなさそうだ。こいつ可愛いな。

普段は藤原が日野を虐げている（？）のに、二人の時はそういう感じなんだ。

へー、ふーん。そうなんだ。なんか、いいじゃん？　推せるわ。

「それじゃ、俺たちはもう帰るから。佐倉ちゃん、頑張れよ」

日野は詩に向かってウインクした。

「あ、うん……」

詩が頷くと、日野たちは歩き去っていく。

そう思った、直前。日野は足を止めて、俺たちを振り返った。

意地悪そうな笑みを浮かべて、ねっとりとした口調で俺たちに告げる。

「――そうだ。これは忠告だけど、付き合ってると思われたくないなら、公衆の面前で抱き合うのはやめた方がいいぜ？」

その言葉を最後に、日野たちは去っていった。

「え、あの二人抱き合ってたの？」という藤原の驚きの声が僅かに聞こえてきた。

……最後の最後に爆弾を投下していくのはやめてほしい。

まあ俺たちがそう見られるような行動を取っていたのが悪いんですけど。

隣の詩をちらりと見ると、顔を林檎のように赤くして俯いている。

「……あたしたち、そんな感じだった？」

「……そんな感じだったかもなぁ」

「ご、ごめん……」

「いや、俺もごめん……」

またもや気まずい沈黙が俺たちの間に横たわる。

女の子とのデートは初めての経験だが、課題はいくつもありそうだ。

もし美織が俺たちを見ていたら、文句を言いまくるに違いないと思った。

*

「――ねぇナツ、お願いごとしよ？」

詩が指差す先に目をやると、大量の短冊が飾られた笹竹があった。

どうやら無料で短冊を飾れるらしい。

町内会が運営する露店で短冊を配っていた。

短冊に願い事を書くためのテーブルが用意されている。

「そうだな。せっかくの七夕まつりだし」

俺たちはそのテーブルの前で、短冊とペンを手に取る。

……とはいえ、何を願おうか。

神に祈った願いはすでに叶っている。

隣を見ると、詩もペンを持って短冊を見ながら、迷っているようだった。

「詩はどうする？」

「んー、ナツはちょっとあっち向いてて？」

詩が俺の両腕を掴み、ぐい、と体を反対に向かせる。俺に見られたくないのかな、と考えているうちに詩はささっと短冊に記入を済ませたらしい。

「よし、もう大丈夫！」

「俺には見せてくれないのか？」

「……どうしても見たいなら見てもいいけど、やめた方がいいよ？」

詩が恥ずかしそうに呟く。

気になるけど、ここで粘って見せてもらって、俺に関することだったらどういう反応をすればいいのか分からないので、大人しく俺は自分の願いを短冊に書き込む。

端的に、『最高の青春』と書いた。

うん、やっぱりこれが俺の一番の望みだろう。

詩は目を瞬かせて、

「へぇー、最高の青春かぁ」

「ああ。せっかくの高校時代、全力で楽しみたいだろ？」

「うん、そうだね。あたしもそう思う。……でも」

詩はちょっと言葉に迷うような仕草から、窺うように俺を見てくる。

「……今は、叶ってないの？」

そんな風に尋ねてくる詩は浴衣姿で、今日は七夕まつりだ。

「……これもまた、最高の青春だよなぁ」

しみじみと呟くと、詩は「なんかおっさん臭いね！」と笑った。

人生二周目男が一番傷つくタイプの悪口やめない？

「ゴホンゴホン！　……と、とにかく、短冊を笹に飾るか」

「よく考えると、何で笹に飾るんだろうね？」

「天に届けるためとか、そういう話じゃなかったか？」

別に文化や伝承に詳しいわけでもないので、うろ覚えだけど。

昔は紙が高級品だったから、紙に願いごとを書くという行為そのものに儀式的な価値が見出され、それを笹竹に飾ることで天に届けようとしているとか、そんな感じだ。

「そっか……」

詩は空を仰ぎ見る。

俺もつられて空を見ると、雲一つない夜空だった。

灯篭や建物の明かりに阻まれているものの、星々は確かに輝いている。

とはいえ、天の川が見えるほどじゃなかった。角度の問題かもしれないが。

「……やっぱりあたし、お願い事変えようかな」

「え、どうしたんだ急に？」

「これをお願いするのは、やっぱりなんか違う気がする。だから、あたしもナツと同じ願い事にしようかな。あたしも、最高の青春を送りたいからね！」

詩は一度書いた短冊を捨てて、新しい短冊に俺と同じ願い事を記入する。

そして二人で、笹竹の一部に短冊を飾った。

「これでよし！」

詩は満足気に両腕を腰に当てている。

その背中を見ながら、俺の脳裏に過るのは先ほどの記憶。

さっきの短冊がゴミ箱に落ちていく直前、書かれている文字が見えてしまった。

『ナツが、あたしのことを好きになりますように』

——佐倉詩は、それを願わなかった。

＊

「部活どうだった？」

「今日も疲れたけど、楽しかったよ！　ミオリンも若村先輩も楽しそうだし、チーム全体が強くなってるって感じもする。あたしも、もっともっと上手くなるんだ！」

「そいつは楽しみだ」

「そうだ、夏休み暇なら、あたしの自主練習付き合ってよ」

「別にいいけど、俺が教えられることなんかないぞ？　俺はあくまで独学だし、一対一は強くても別にチームでの動きが上手いわけじゃない」

「一緒にいてくれるだけでいいよ。やる気が出るからさ」

「……詩がそれでいいなら、そうするけど。どうせ夏休みは暇だからな」

「やった！」

「……というか、もう夏休みか。時が経つのは早いな」

「うん。楽しみだね。基本的には、部活三昧になると思うけど」

「俺もバイト三昧かなぁ。でもせっかくだし、みんなでどっか行こうぜ」

「あ、良いね！　めっちゃ楽しみ！　夏だしやっぱり、山か海かな？」

「そうだな。ま、みんな部活とか用事とかあるだろうし、予定合うならだけど」

「うん。でも、楽しみだね。あたし、みんなでバーベキューとかしたいな」

「うきうきのところ悪いけど、夏休みの前に期末試験があるぞ。忘れてないか？」

「お、思い出させないで！　せっかくいい気分なのに！」

詩と二人で、帰り道を並んで歩く。

お祭りの雰囲気を十分に堪能したので、大人しく帰ることにしたのだ。

詩も部活を終えてからお祭りに来ているので、ちょっと疲れているように見える。

慣れない浴衣も着ているからな。歩かせすぎるのは良くないだろう。
詩の家はお祭りの区域からすぐ近くだと聞いている。家の前まで送って帰るつもりだ。
お祭りの区域を離れると、段々と行き交う人の数が減っていく。
先ほどまでのざわざわとした喧騒が消え、こおろぎの鳴き声だけが響いていた。
ふと、左手に何かが触れる。
その何かは、そのまま俺の左手を包み込んだ。
見るまでもなく、分かる。それは詩の右手だった。
俺は今、詩と手を繋いで夜道を歩いている。
「……あたしからする分には、いいでしょ？　もう、周りに人もいないし」
良い、と俺は答えなかった。でも無言は肯定を意味していた。
人肌の体温を左手に感じる。暑さのせいで、左手に汗をかいていないか心配になる。
心臓の鼓動が速いせいで、実際の気温よりも暑く感じていた。
俺も詩も、何も言葉を発さなかった。
緊張を通り越して、ただ純粋に居心地が良かった。
ずっとこのままでいたいと思っても、終わりはすぐにやってくる。
「……あたしの家、あそこなんだ」

詩は正面の地元感に溢れるお好み焼き屋を指差す。

その裏手に回ると、ごく普通の一軒家のような風貌に変わっていた。

ここに詩は住んでいるのか。友達の自宅を知ると、何だか不思議な感覚になる。

詩はそっと手を離した。

一歩前に出て、くるりと振り返って俺と向き合う。

「ナツ、今日は楽しかったよ！　付き合ってくれて、ありがと」

それから、いつものような元気な声と、精一杯の笑顔でそう言った。

「……ああ、俺も楽しかった。誘ってくれてありがとな」

そう返すと、詩も頷く。

生温い風がゆるりと俺たちの間を吹き抜ける。

通りの裏手に回ったせいか、人気はまったくなかった。

「……」

「……」

詩は何か俺に伝えようとしている。

様子を見ているだけで、それは分かっていた。

極度に緊張している詩の様子を見ると、無性に手助けしたい衝動に駆られる。

だが今、俺が詩にかけられる言葉は何もなかった。

星宮のことが今も頭に残っている以上、俺には何も言う資格がなかった。

そんな俺の様子を詩はじっと見ていた。

数秒か数十秒か、しばらくの間ずっと見つめ合っていた。

不思議と恥ずかしいとは思わなかった。何度見ても詩の浴衣姿は綺麗だった。

「……それじゃあ、またね」

最終的に詩は俯いて、手を控えめにふるふると振った。

「……ああ、また学校でな」

そう答えて、背を向ける。

俯きそうな顔を、上に持っていく。

俺が俯くのはおかしいと思った。

今日は楽しかったから。

この複雑な感情に反して、夜空は澄み渡っていた。

明かりのないこの通りでは、特に星々の煌めきがよく見える。

「――ナツ」

耳元で、詩のささやきが聞こえた。

ぐい、と。服の袖が引っ張られ、強引に振り向かされる。

至近距離に詩の顔が映ったと思った瞬間、頬に温かいものが触れた。

呼吸が止まる。時間が止まったかのような錯覚に陥った。

「……これが、あたしの気持ちだから」

詩は顔を離すと、茫然としている俺と目を合わせる。

「……でも、まだ言葉にはしない。だから、返事はしないで」

詩の理屈は通っている。

何も言っていないのなら、俺に返せる言葉はない。

「あたし、諦めない。今、ナツの心にいる人が誰だとしても、負けないから」

詩は真っ直ぐに俺を見つめる。

「ナツのこと、絶対に振り向かせてみせるから」

必死に言葉を伝えてくる真剣な表情は、夜空に瞬く星々よりも輝いて見えた。

「――だから、待ってて？」

そうやって小首を傾げられると、俺には頷くことしかできない。

詩はそんな俺を見て、向日葵のように笑った。

「よし！　それじゃ、あたし本当に帰るから！　また月曜日、学校でね！」

手を振って背を向け、玄関の扉を開ける。

詩が家の中に消えていくまで、俺はずっと立ち尽くしていた。

頬に触れると、詩の唇の感触がまだ残っていた。

……さっき、詩が願い事を変えた理由をずっと考えていた。

俺と付き合うことを諦めたのかとも思っていた。でも違った。答えはもっと単純で、誰かに願うのではなく、自分の魅力で俺を振り向かせるという意思表示だった。

「それは、反則だろ……」

とにかく、俺が完璧に敗北したことだけは間違いなかった。

＊

――私がその場面を見かけたのは、本当にただの偶然だった。

部活の練習が終わって、自主練もそこそこに詩がばたばたと飛び出していった。

みんなは何かあるのかなって首をひねっていたけど、夏希から事情を聞いている私としては微笑ましい。まだ時間はあるはずだけど、女の子は準備に時間がかかるからね。

私は私で、クラスで一番仲が良い友達の芹香と合流して、お祭りに繰り出した。

適当に歩いていたら友達と遭遇したりもして、結構楽しい。

芹香はいつもローテンションだけど、私が話したい時は話題を振ってくれて、そうでもない時は黙っていてくれる。芹香は空気が読めるのだ。そこが好き。

……まあ芹香は音楽の話を振ると止まらなくなるんだけどね。今日もいつも通り背中にギターケースを背負っている。軽音部所属で、ギターが得意らしい。

「ふう、お腹いっぱいだ」

「……そろそろ帰る？　あたしも結構満足したな」

じゃがバターとたこ焼きを食べてお腹を満たした私たちは、帰路に就く。

ちょっと顔出す分には楽しいけど、足が疲れるんだよね。

詩や夏希の様子は気になったけど、これだけ人が多いとなかなか見つからない。

まあ、わざわざ探して様子を見るのも過保護だよね。

夏希も、たまにはひとりで頑張ってもらって成長してもらわないと。

そんなことを芹香に話しながら歩いていると、

「……なんか最近、その幼馴染(おさななじみ)の話ばっかりしてるね？」

ふと、芹香がぽつりと呟(つぶや)いた。

「え？　そうかなぁ……」

首をひねる。そんなに夏希の話をしているつもりはなかった。まあ、私と夏希の契約(けいやく)の話を教えているのは芹香ぐらいだし、必然的に話すのは芹香になってしまう。

芹香の口の堅(かた)さを信用しているのだ。何しろこの女、音楽にしか興味がないからね。

「ま、最近はいろいろあったからねー」

そう答えると、芹香は「ふーん」と興味なさそうに言った。

表の通りはまだ人が多いので、私たちは裏道を使って駅の方に向かう。

人気のない裏道を歩いていくと、向かい合っている二人の男女を見かけた。

片方の女の子は浴衣姿だ。デート終わりかな？

微笑ましい気持ちになりながら近づいていくと、気づく。

あれ、夏希と詩だ。こんなところで向き合って、何してるんだろ？

何やらただならぬ雰囲気だし邪魔(じゃま)するのも躊躇われるので、足を止める。

やがて詩は夏希に手を振り、夏希は詩に背を向ける。

あ、ちょうど解散するタイミングだったんだね。

そういえばこの辺り、詩の家の近くだって聞いたこともある。

そんなことを考えながら眺めていると、

「……え？」

詩が、帰ろうとしていた夏希を呼び止めて――その頬にキスをした。

そして二三言葉を交わしてから、詩は夏希と別れ、すぐ傍の家の中に入っていく。

しばらく立ち尽くしていた夏希は、やがて正気に戻ったように歩き出した。

私はその光景をじっと見ていた。

「……へぇ、佐倉さん、勇気出したんだね」

隣の芹香が平坦な声音で呟く。

私が何も反応しなかったせいか、芹香は怪訝そうに私を見た。

「……美織？　どしたの？」

「……いや、何でもないよ。帰ろう」

慌てて私は取り繕うと、表面上は何もなかったかのように歩き出す。

私が本気で演技をしたら、芹香でも気づかないはず。

……まさか、言えるわけがない。たとえ芹香が相手でも。

二人のキスを見た瞬間、自分でも怖（こわ）くなるほど心がもやっとしたなんて。

▼終章　それぞれのいつも通り

……正直、かなり緊張していた。

月曜日の朝。教室の扉に手をかけながら、一度深呼吸する。

……よ、よし。行くぞ、今日は平常心を忘れてない。ちゃんとここにある。

教室に入ると、近くにいた七瀬（ななせ）が俺に気づいて手を挙げる。

「おはよう、灰原（はいばら）くん」

「ああ、おはよう」

そう答えながら、七瀬の周辺に目をやる。

「あ、夏希（なつき）くんおはよっ！」

「おう、おはよう」

星宮（ほしみや）がひらひらと手を振ってくる。その傍には詩（うた）が立っていた。

――詩と目が合う。かあぁ、と詩の顔が一気に林檎のように赤くなっていく。

そんな露骨な反応すると俺もつられて顔が熱くなるからやめてほしい。

「……お、はよ、ナツ」

「……お、おはよう」

何とかお互いに挨拶を交わし、顔を逸らしながら自分の席に向かう。

明らかに星宮と七瀬が訝しむような顔をしていたが、そこはもう詩に任せる。

ちゃんとあったはずの平常心がもうどこかに逃げてしまった。逃げ足が速すぎる。

自分の席に座って心を落ち着けていると、怜太と竜也が近づいてきた。

特に怜太はニヤニヤしながら楽しそうに俺を見る。

「来たね、夏希。さーて、お祭りで何があったのか聞かせてもらおうかな？」

「……何で知ってる？　怜太は来てないんだろ？」

「僕は友達が多いからね。詩と夏希が二人でいたことは聞いたよ」

……まあ実際、同じ学校の連中は藤原たち以外にも何度か見かけた。

顔が広い怜太の耳に届かないはずもないか。

「それに、詩は浴衣だったんだって？　写真とか撮ってる？　どこまで進んだの？」

怜太は珍しく矢継ぎ早に問いかけてくる。

こいつ人の色恋沙汰を話す時だけテンション高すぎだろ。

「浴衣だったけど、写真は撮ってないし、何にも進んでないよ」

そう答えながら、詩の浴衣姿の写真は撮っておけばよかったと正直思った。

「……なるほど」

竜也は非常に微妙な顔で俺たちの話を聞いている。

「どうせ竜也は聞いてもダメージ受けるだけなんだからあっち行ってなよ」

怜太がしっしっ、と犬を追い払うような仕草をする。

この男、普通に酷いな？　俺の理想とは何だったのか。気のせいだったらしい。

「はぁ⁉　ふざけんな、俺はダメージなんか受けねえよ！」

竜也は竜也で怜太に煽られたせいか、むしろ俺の話を全部聞く体勢に入っている。

普通に気まずいからやめてほしい。俺、どんな顔で話せばいいの？

見れば詩も俺と同じように、七瀬に質問攻めにされているようだ。どんなことを話しているのかまでは聞こえないが、詩の顔が真っ赤なことだけはよく分かる。

……星宮は、何だか感情の読めない顔で俺を見ていた。

目が合う。すると、星宮は自然と目を逸らして、七瀬たちとの会話に加わった。何かと思ったが、たまたま目が合っただけか。珍しい表情だったからびっくりした。

「夏希？　無視は良くないよね？」

怜太が楽しそうにがしっと肩を組んでくる。

「別に、大したことはしてないぞ。普通に二人でお祭り行っただけだって」

とりあえず弁明すると、竜也がなんかパキポキ拳を鳴らしている。

「ふーん。殴ってもいいか？」

「一緒に行ってもいいって言ったのお前だよな⁉」

「別に殴らないとは言ってねえだろ。それが嫌なら洗いざらい説明しろ」

仕方がないので、詩とのデートで何をやったのか順を追って説明していると、段々と竜也の顔色が悪くなって最終的に「ちょっと屋上行くわ」と言って消えていった。

そんなに打たれ弱いならなんで説明させたんだよ。

しかもまだ手を繋いだとか、そういう話まではしていない。

……頬にキスされた話だって、もちろんしていない。流石にそれは言えない。

「竜也もいなくなったし、ここからが本番だね？」

「勘弁してくれよ……」

しかし竜也を倒しても、怜太は逃がしてくれそうにない。

教室では藤原と日野も俺たちの話をしているのか、なんか注目されている気がする。

これがお祭りイチャイチャデートの代償か。なかなかデカいな……。

「——だから、ナツとは付き合ってないって！」

教室中に通る声で詩は言った。

単に大声を出したというよりは、みんなに伝えているのだろう。

変に噂が広まるのを避けようとしているのか。俺が詩の立場なら、このままそういう空気感になってくれた方がありがたいと思うけど、何というか律儀だな。

七瀬はそんな詩を見てから、俺の方に視線をやる。

「別に、付き合っちゃえばいいのに。ねぇ、陽花里？」

話を振られた星宮は妙な躊躇いがあったものの、胸の前で両手を拳に変える。

「――え？　あ、そう、だね……もちろん、わたしも応援する、よ？」

とりあえず俺は苦笑いで返すしかなかった。

そっかぁ……応援されちゃうのかぁ……まあ仕方ないけど。

そんな俺の様子を見て、怜太は耳元でささやくように尋ねてくる。

「実際、君が詩の誘いに乗るとは思わなかったな」

「……意外だな。怜太にも予想外のことがあるのか」

「夏希は僕のことを何だと思ってるんだ。全部予想通りなわけないでしょ？」

当たり前の反論だが、怜太ならそれをやりかねないからなぁ。

「君は星宮さんのことが好きで、誠実な性格だ。好きじゃない人の誘いに乗って、変に希望を持たせるような真似はしないと思っていたけど……そうか」

　怜太はニヤリと笑って推理の答えを出す。

「詩のことも、星宮さんと同じぐらい好きになってきちゃったわけだね？」

「……分かってるならもう言うのやめてくれよ……」

　額を押さえる。自分でも薄々気づいていながら、誤魔化してきたのに。そう改めて言葉にされると、自覚せざるを得なくなる。やっぱり怜太はとんでもない奴だな。

「ま、どちらを選ぶにせよ、僕は応援するよ」

「……本当か？　なんか怜太の言葉って信用ならないな」

「君の中で僕の扱い酷くなってない？」

　まあ怜太はいまいち何を考えているのか分かりづらいからなぁ。

「僕は本気だよ。詩と星宮さん。君がどっちを選んでも僕は応援するさ。まあ、星宮さんの牙城を崩すには、まだまだ時間がかかりそうだけどね？　ただし――」

　怜太の目でもそう見えるのかぁ。

　先は長いなぁ……と呑気に考えていた俺に、

「――美織は、僕が貰ってもいいんだよね？」

衝撃的な発言がもたらされる。

びっくりして怜太の顔を二度見するも、怜太はずっと真剣な表情だった。

「……え？　お前、美織のこと好きなの？」

「まあ、最近はだいぶ気になってるかな。よく話しかけてくれるから」

あれ？　じゃあ、別にもう美織の目的達成してるじゃん。何だよ。もしかして変に気を遣う必要とかなかったのか？　ダブルデート作戦もいらなかったかもしれない。

「それで、どうなの？　いいのかな？」

「いや、俺に許可を求められても……？　むしろ大歓迎だろ」

困惑する俺を怜太はじっと見ていた。やがて気を抜いたように肩をすくめる。

「ほら、君は美織の幼馴染だから、念のため、ね？」

「ああ。いや幼馴染って普通にただの友達でしかないけどな……」

唐突な展開に頭が追い付かなかったが、これで美織と怜太は両想いだと判明した。

後はじっくりと、お互いの距離を詰めてもらえばいいわけだ。

つまりは、もう美織はハッピーエンドが確約されたようなものだろう。

純粋に、良かったと思う。

美織の協力者としては、もちろん恋が実ってほしいと思っていたからな。

「俺も怜太と美織のこと、応援するよ」

「君がそう言ってくれてよかった。そこが不安だったんだ」

「はは、何言ってんだよ。もしかして俺が文句言うとでも思ってたのか？」

そんなわけがない。怜太の目が節穴の時もあるらしい。なんか安心してきたな。

「――さあ、どうだろうね」

怜太は薄く笑って、ぽんと俺の肩を叩く。

「屋上の竜也を呼び戻してくるよ。そろそろホームルーム始まるから」

怜太はそう言って教室の扉から出ていった。

ひとりになった俺は、何となく星宮たちに目をやる。

三人とも俺を見ていた。七瀬が手招きしてくるので、そっちに足を運ぶ。

「……何だよ、七瀬？」

「あら、用がなければ呼んだらいけないの？　友達なのに。ねぇ詩？」

「そ、そうだよ……友達なんだから、いいじゃん」

詩にそう言われると、俺は頷くことしかできなくなる。

「……」

「……」

あのぉ……みんなの前でこの空気感はきついって！

どうにかして詩を平常運転に戻したい。そうしないと俺がつられる。

「え、えーっと、夏休みの予定の話とかするか？」

「そ、そうだね！　山とか海とか行きたいなーって話してたもんね！」

ギクシャクしてはいるものの、何とか会話を始める。

「ああ。ま、個人的には海を推してるんだよな」

「へー、海もいいよね！　あたしも久しぶりに泳ぎたいなー」

それっぽい会話を続けていると、段々と普通に喋（しゃべ）れるようになってきた。

ちょうどそのタイミングで、教室に担任教師が入ってくる。

「——おーい、お前ら、席に着け。何に浮（う）かれてるのか知らんが、来週はもう期末試験だからな？　のんびり話している暇（ひま）があったら勉強でもしておけ」

教師の言葉でみんなの悲鳴が上がり、一気に教室のテンションが下がる。

ちょっと浮かれてた俺も普通に現実に戻ってきたよ。

なんか中間で一位を取ってしまった分、期待値がすごいんだよな……。

「夏希くん」

席に戻ろうとした瞬間、星宮に声をかけられた。

振り向くが、しかし星宮は何も言わない。言葉に迷っているように見える。

「──わたしも、海に行きたいな」

結局、星宮はそんな言葉を残して自分の席に向かう。

「お、おう……」

何か、言いたいことでもあったのだろうか。考えている時間はない。俺も慌てて自分の席に着く。そしてホームルームの事務連絡もそこそこに、担任教師が教室を去った。

一時限目は数学だ。今日もまた退屈な授業が始まった。

＊

梅雨が終わり、夏が始まった。

夏は青春の季節（俺調べ）と相場は決まっている。

もちろん一周目と同じように、何もせずに終わらせるつもりはない。

時間に余裕のある夏休みもやって来る。

山に海に、花火大会。青春力の高いイベントはいくつも思いついた。

何をするかはまだ決まっていないけど、きっと楽しい夏になる。
その理由はもちろんみんながいるからだ。みんなが俺の青春を彩(いろど)ってくれる。

——二度とは来ないこの夏を、俺は忘れることはないだろう。

第二巻　了(りょう)

あとがき

昔から、人の心の機微を察するのが苦手でした。

私は自分が面白いと思うことばかりに意識が向き、他人にあまり興味がなかった。

そのせいか、物語を作る時も、キャラクターを掴むのが苦手です。このキャラはどういう性格で、物語が展開されるにつれ、どう感じて、どう考えて、どう変化するのだろう。いつも探り探りに書き進めながら、自分が作ったキャラのことを知ろうとしています。

この物語で、少しでもキャラクターたちの息遣いを、今もどこかで彼らが生きているかのような質感を感じていただけたのなら、作者冥利に尽きます。

お久しぶりです。雨宮和希(あまみやかずき)です。

この度、本作『灰原くんの強くて青春ニューゲーム』が、HJ小説大賞2020《年間最優秀賞》をいただきました。大変光栄に思っております。めちゃくちゃ嬉しい。

受賞記念PVがHJ文庫公式ツイッターやユーチューブ、『灰原くん』特設ホームページ等で公開されているので、未視聴の方はぜひチェックしてみてください。

さて、二巻は梅雨の物語でした。メインとなるのは詩（うた）と美織（みおり）。

こういう言い方は良くないかもしれませんが、振り返ってみれば、大した話じゃないと思います。それは一巻も同じでした。ただ、後になってみればそう感じるような話でも、あるいは酒の席で笑い飛ばせるような話でも、当時は真剣に悩んでいたと思います。当時は学校が、高校生活が、自分が見ている景色だけが、世界のすべてのように考えていたからでしょう。その視点が、青春ラブコメの醍醐味のようにも感じています。

謝辞に移ります。担当のNさん、常にギリギリ進行、申し訳ございません……。イラストレーターの吟（ぎん）さん、今回も素晴らしいイラストをありがとうございます。口絵の美織が個人的にめちゃくちゃ好きです。可愛い。あまりにも可愛すぎて五回ぐらい保存した。

また、この本を読んでくださったあなたにも、感謝を。面白い物語がいくらでもあるこの世界で、この物語の続きを読んでくれたこと、とても嬉しく思います。

これは良いニュースですが、三巻の発売はすでに確定しています。やったね！

二度とは来ない二度目の夏の物語を、お楽しみに。

また、『英雄と魔女の転生ラブコメ』（講談社ラノベ文庫）の二巻も近いうちに出版予定となっておりますので、よかったらそちらも読んでいただけると嬉しいです。

そろそろ語ることがなくなってきたので近況の話でもすると、本業の繁忙期に二シリーズの出版予定が重なり、だいぶ死んでいましたが最近は復活しております。
今日も今日とてヴァロラントが俺たちを呼んでいる。世界大会、激アツでしたね。昔から
ＦＰＳの競技シーンを見てきた者としては、感動でボロ泣きしていました。
ラノベやＷＥＢ小説もぼちぼち読んでおります。最近一番アツいＷＥＢ小説は『第7魔
王子ジルバギアスの魔王傾国記』です。これはマジでガチです。おススメ。
そんな感じの近況もツイッターでは常時報告しているので、気になる方はどうぞ。
雨宮和希：@amamiya5235
くだらないことばかりツイートしていますが、よろしくお願いします。
四月末日、横浜の喫茶店で、ＢＵＭＰの『車輪の唄』を聞きながら。

七夕まつりの夜に行なわれた
佐倉詩による甘い宣戦布告。
一途な想いに心が揺れる夏希をよそに、
季節は夏を迎えようとしていた。
二度目の高校一年生の夏を、
夏希は誰と過ごすのか――……

h a i b a r a k u n n o t s u y o k u t e
s e i s y u n n e w g a m e

次回予告
2022年秋、
発売予定!!!!
NewGame+ START?
▶Yes No

灰原くんの強くて青春ニューゲーム2

2022年6月1日　初版発行

著者――雨宮和希

発行者―松下大介
発行所―株式会社ホビージャパン

〒151-0053
東京都渋谷区代々木2-15-8
電話　03(5304)7604（編集）
　　　03(5304)9112（営業）

印刷所――大日本印刷株式会社

装丁――coil／株式会社エストール

定価はカバーに明記してあります。

Printed in Japan

ISBN978-4-7986-2845-5　C0193

ファンレター、作品のご感想お待ちしております

〒151−0053　東京都渋谷区代々木2−15−8
(株)ホビージャパン HJ文庫編集部 気付
雨宮和希 先生／吟 先生

アンケートはWeb上にて受け付けております

https://questant.jp/q/hjbunko

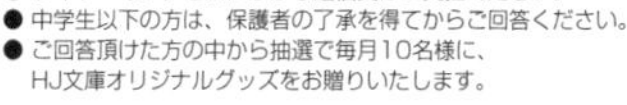

- 一部対応していない端末があります。
- サイトへのアクセスにかかる通信費はご負担ください。
- 中学生以下の方は、保護者の了承を得てからご回答ください。
- ご回答頂けた方の中から抽選で毎月10名様に、HJ文庫オリジナルグッズをお贈りいたします。